Thomas Brezina

Die Knickerbocker-Bande

Schloss Schauerlich

21 Ratekrimis

Band 9

W0393937

Ravensburger Buchverlag

Die Knickerbocker-Bande

NAME: Axel Klingmeier
SPITZNAME: Früher Schrumpfkopf und Gnomi
ALTER: fast 14 Jahre
STERNZEICHEN: Steinbock
COOL FINDE ICH: Sport
TOTAL UNCOOL: Langweiler, Oberlehrer, Wichtigtuer
LIEBLINGSSPEISE: Alles
BESONDERE KENNZEICHEN: Bin früher oft verspottet worden, weil ich klein bin. Heute traut sich das keiner mehr. Habe trainiert und bin der beste Sportler geworden.

NAME: Lieselotte (Lilo) Schroll
SPITZNAME: Superhirn
ALTER: fast 14 Jahre
STERNZEICHEN: Krebs
COOL FINDE ICH: Skifahren, Rafting, Krimis, starke Ideen und Mut
TOTAL UNCOOL: Feiglinge; Leute, die nicht lachen können, Trauerklöße
LIEBLINGSSPEISE: Chinesisches Essen (ich kann sogar mit Stäbchen essen)
BESONDERE KENNZEICHEN: Habe zwei blonde Zöpfe, auf die ich besonders stolz bin.

NAME: Paula Monowitsch
SPITZNAME: Poppi
(Paula finde ich einen Horrornamen)
ALTER: fast 10 Jahre
STERNZEICHEN: Fische
COOL FINDE ICH: Meine Tiere, Tierschutz-Organisationen, Poster
TOTAL UNCOOL: Tierquäler; Leute, die behaupten, nie Angst zu haben
LIEBLINGSSPEISE: Fruchtsalat und Melonen, aber kein Fleisch
BESONDERE KENNZEICHEN: Ich besitze einen Minizoo.

NAME: Dominik Kascha
SPITZNAME: (verrate ich nicht)
ALTER: fast 11 Jahre
STERNZEICHEN: Waage
COOL FINDE ICH: Lesen, Rätsel, Leute mit Durchblick und gutem Gedächtnis
TOTAL UNCOOL: Quatschköpfe, erhobene Zeigefinger, strenge Erwachsene
LIEBLINGSSPEISE: Spagetti
BESONDERE KENNZEICHEN: Meine Eltern sind Schauspieler, und auch ich stehe bereits auf der Bühne und vor der Filmkamera.

DIE KNICKERBOCKER BANDE

Der Name Knickerbocker-Bande entstand ...

- als Axel, Lilo, Poppi und Dominik von Lord Conrad of Knickerbocker ausgezeichnet wurden, weil sie seinen entlaufenen Mops gefunden hatten,
- ***als Axel einen Weltrekord aufstellte und in 22 Knickerbocker-Hosen in nur 30 Sekunden Löcher gebissen hat,***
- als Poppis Papagei zum ersten Mal ein Wort von sich gab und es sich nach „Knickerbocker" anhörte,
- ***als die vier den Zeichenwettbewerb einer Lederhosenfirma gewannen und einander bei der Preisverleihung kennen lernten,***
- als Dominik der jüngste Student an der Knickerbocker-Universität wurde,
- ***als Lieselotte das Rätsel der jodelnden Knickerbocker-Hosen gelöst hat,***
- als Axel, Lilo, Poppi und Dominik sieben entsprungene Knickerbocker-Hosen wieder eingefangen haben,
- ***als der Song „Knickerbocker Kiss" in der Hitparade auf Platz 1 landete.***

Richtige Erklärung bitte ankreuzen. Die Lösung steht auf Seite 123.

HALLO!

SUPER-WICHTIG!

Möchtest du Mitglied der Knickerbocker-Bande werden?

Du bist auf dem besten Weg dazu! In diesem Buch findest du viele Knickerbocker-Abenteuer, die du selbst lösen kannst! Lass deine Gehirnzellen rotieren und komm den Tätern auf die Spur! Wenn du es nicht gleich schaffst, denk an das Knickerbocker-Motto:

Ein echter Knickerbocker lässt niemals locker!

Hier noch wichtige Tipps, bevor du dich auf heiße Spuren begibst:

- Die Lösungen der Fälle sind verschlüsselt. Mit deiner Codekarte kannst du sie entziffern.
- Die Fälle sind unterschiedlich schwierig:

🔍	= Fall zum Grübelzellen-Aufwärmen
🔍🔍	= Schmalspur-Schnüffler-Fall
🔍🔍🔍	= Hobby-Detektiv-Fall
🔍🔍🔍🔍	= Meister-Detektiv-Fall
🔍🔍🔍🔍🔍	= Super-Knickerbocker-Fall

- Jeder von uns Knickerbocker-Freunden geht in eine andere Klasse und hat auch dort schon einige Rätsel gelöst. Fälle aus der Schule erkennst du an diesem Stempel:

SCHULFALL
LILO

- Mini-Krimis kannst du schnell lösen, wenn du wenig Zeit hast.

mini
KRIMI

- Maxi-Krimis bringen dir spannende Abenteuer und viel Ratespaß.

MAXI
KRIMI

- Außerdem erfährst du in diesem Buch Knickerbocker-Tricks!

- Falls du Fragen hast, dann schreib uns:

Knickerbocker-Bande
Postfach 177
A – 1238 Wien

Und jetzt auf ins Abenteuer! Viele heiße Spuren wünschen dir

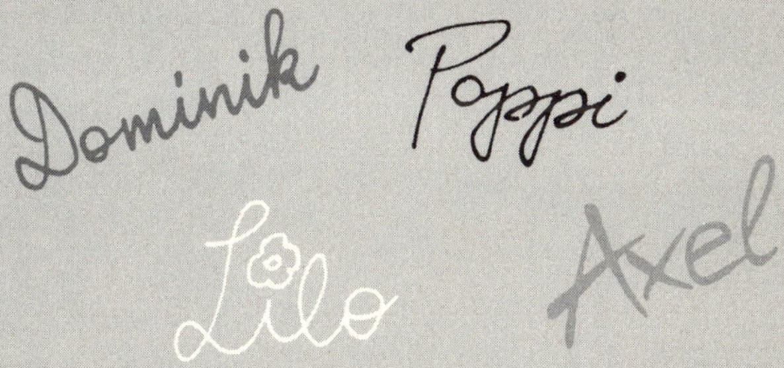

Die Abenteuer-Knickerbocker-Codekarte

➔ Mit deiner Codekarte kannst du die Lösungen der Krimis entschlüsseln oder selbst Geheimbotschaften schreiben, die nur Knickerbocker entziffern können.

So entschlüsselst du die Krimi-Lösung:

➔ Lege die Karte mit der roten Seite nach oben auf das Lösungsfeld, sodass das Knickerbocker-Logo rechts steht. Die obere Kante der Karte und die obere Linie des Buchstabenfeldes müssen genau übereinander liegen. Jetzt tauchen in den Löchern die ersten Buchstaben der Lösung auf. Schiebe die Karte nun Reihe für Reihe nach unten, bis du die vollständige Lösung gelesen hast:

falsch:

richtig:

Wenn die ersten Buchstaben, die du in den Löchern siehst, keinen Sinn ergeben, musst du die Karte anders auf das Lösungsfeld legen: Wieder mit der roten Seite nach oben, sodass das Knickerbocker-Logo rechts steht. Aber jetzt legst du die untere Lochreihe auf die erste Zeile des Lösungsfeldes. Falls in der ersten Zeile die Lösung noch nicht beginnt, schiebe die Karte eine Zeile tiefer. Spätestens dann ergeben die Buchstaben in den Löchern einen Sinn.

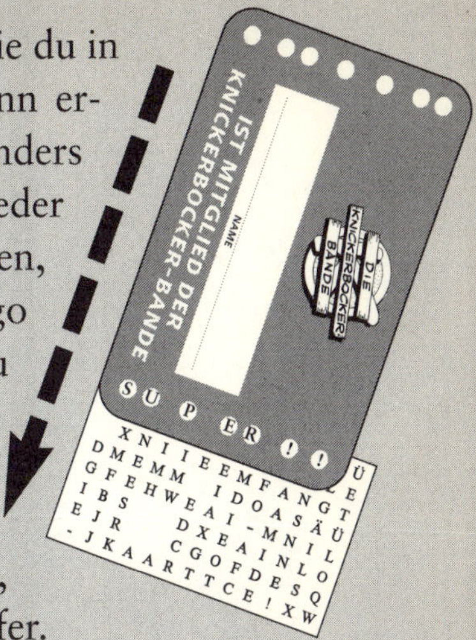

Beispiel:
Was heißt das?

Z	B	V	C	D	E	W	S	A	Q	Ö	Ä	Ü
V	U	E	R	R	R	Ö	A	Ä	T	E	L	E
	X	N	I	I	E	E	M	F	A	N	G	T
D	M	E	M	M		I	D	O	A	S	Ä	Ü
G	F	E	H	W	E	A	I	-	M	N	I	L
I	B	S			D	X	E	A	I	N	L	O
E	J	R			C	G	O	F	D	E	S	Q
-	J	K	A	A	R	T	T	C	E	!	X	W

Lösung:
Verrate niemandem das Geheimnis deiner Code-Karte!

FÄLLE

TIPPS

In den Kästchen kannst du ankreuzen, welche Fälle du schon gelöst hast.

& Tricks

Wer ist die Hundediebin?

mini KRIMI

„Lassen Sie sofort meine Hunde los, Sie Dieb!“, hörten die Knickerbocker-Freunde eine aufgebrachte Frauenstimme. Die vier machten einen kleinen Waldspaziergang, um ihre Grübelzellen mit Frischluft zu versorgen, aber wie es sich anhörte, gab es Arbeit für sie.

Die Juniordetektive liefen los. Auf einer kleinen Lichtung standen zwei Frauen und stritten heftig. Die eine trug zwei rehbraune Hunde mit besonders großen, fast komischen Ohren auf dem Arm.

„Das sind so genannte Schmetterlingshunde“, erklärte Poppi. „Die sind sehr, sehr teuer!“

„Das sind meine Hunde, geben Sie sie mir zurück!“, verlangte die andere Frau.

„Diese Hunde gehören mir! Ich habe ihre Leinen!“, protestierte die Frau, die die Tiere geschnappt hatte.

Ein Blick genügte und Poppi konnte mit Sicherheit sagen, wer die echte Hundebesitzerin war.

KRIMI-FRAGE:

Wem gehören die Hunde?

KRIMI-LÖSUNG:

E	G	B	H	J	I	L	U	R	M	Ä
D		E	R			K	F	:	R	A
U	G		L	D	I	O	N	J	K	S
:	B		D	F	I	L	E	N		H
U	H	N	D	V	E	I		H	T	R
A	L	G	E	S	N	P		R	K	E
I	O	N	E	W		Ö	H	W	A	L
S	P	B	Ä	!	N	Z	D	!	E	R
.	Ä		D	R	I	Ü	E	R		G
E	:	S	C		H	M	I	F	C	H
T	Z	E		R	M	H	I	D	T	
D	E	E	N	G		N	L	B	E	I
N	D	E	N	T		F	I	;	S	T
	F	A	L	Z	S	E	O	Ö		E
I	!	N		H	S	R	C	-	H	W
I	S	N	D	N	E	F	L	M	.	
Q	3	D		T	G	D	V		B	I
O	O		P	M	N	:		F	!	F
G	T	Z	H	J	F		I	O	K	
F	B	N	M	R	T	U	I		O	F

Trainingsfall von Axel

Wahr oder erfunden?

Wieder sollst du feststellen, welche Geschichte erfunden ist.
Unglaublich klingen freilich alle drei.

1 Vor 15 000 Jahren bauten Menschen Häuser aus Mammutknochen. Eine Familie benötigte ungefähr zwei Wochen, um sich aus den Gebeinen des wolligen Elefanten ein Heim zu errichten. Als Dach verwendeten die Menschen die Haut des Mammuts, die mit Moos und Erde bedeckt wurde.

2 Den Weltrekord im Stehen auf nur einer einzigen Nadel hält der indische Fakir Indiro. Er schaffte es, sieben Stunden, drei Minuten und 38 Sekunden nur mit der großen Zehe auf der Spitze einer sieben Zentimeter langen Stopfnadel auszuharren.

3 In Brasilien wurde vor 50 Jahren ein Nashorn namens Cacareco in den Stadtrat gewählt. 50.000 Menschen stimmten für das Tier, um gegen die Stadtregierung und die zu hohen Preise zu protestieren. Allerdings musste im Sitzungssaal trotzdem kein Spezialplatz für das Rhinozeros gebaut werden, weil man die Wahl für ungültig erklärte.

KRIMI-FRAGE:

Welche Geschichte ist erfunden?

KRIMI-LÖSUNG:

G	E	D	S	E	C	H	D	I	E	C
H	T	W	E	D		N	G	U	F	M
M	E	E	R	F		Z	B	W	D	E
I	.	!		V			D	F		E
D	T		G		G	G	F	V	G	D

Gespenstisches Krabbeln

Das Naturhistorische Museum hatte auf die Knickerbocker-Bande schon immer großen Eindruck gemacht. Sie fanden es jedes Mal wieder toll, durch die hohen Hallen zu schlendern, die riesigen Saurierskelette zu bestaunen, die Totenschädel der ersten Menschen zu betrachten und die giftigsten Pilze der Welt zu beäugen.

In die Schmetterlingsabteilung ging Poppi weniger gerne, auch wenn die ausgestellten Exemplare prachtvoll waren. Sie konnte sich nicht damit abfinden, dass die Tiere auf Nadeln gespießt werden mussten. Aus diesem Grund mochte sie auch die Käferabteilung nicht, die Dominik und Axel besonders gern aufsuchten.

Wieder einmal verbrachten die vier Freunde einen Nachmittag im Museum und schlenderten durch die Schauräume. Poppi wollte sich gerne den Bienenstock ansehen, den es neuerdings in der Insektenabteilung gab. Er war von lebendigen Bienen bevölkert, die durch ein kleines Rohr von draußen in ihre Behausung fliegen konnten. Auf Wunsch wurde die Deckplatte abgenommen, unter der sich eine Glasverkleidung befand, durch die man in das Innere des Stockes schauen konnte.

Aber leider gab es an diesem Tag Probleme mit den Bienen, bei denen eine Krankheit ausgebrochen war. „Vielleicht muss der Tierarzt jetzt jede Einzelne impfen! Hoffentlich sticht ihn keine, wenn er seine Injektionsnadel ansetzt!“, witzelte Axel.

Es schien überhaupt ein Unglückstag für das Museum zu sein. In der Saurierabteilung gab es einen Wasserrohrbruch und die Skelette standen sozusagen alle unter der Dusche. In der Mineraliensammlung hatte die Putzfrau den Boden zu gut gewachst: Er war spiegelglatt und konnte nicht betreten werden.

Es war schon zehn Minuten vor sechs, als die Knickerbocker-Freunde bei der Käfersammlung vorbeikamen. „Ich will hinein!“, sagte Dominik. Axel und Lilo schlossen sich ihm an, und widerstrebend kam auch Poppi mit.

„He, Kinder, das Museum schließt in zehn Minuten! Ihr begebt euch besser schon zum Ausgang!“, sagte ein Aufpasser zu ihnen.

„Jaja, machen wir. Aber wir kommen doch

auch durch diese Abteilung zum Ausgang, oder?", meinte Dominik.

Der Mann in der grünen Uniform nickte.

In der Käferabteilung war ein kleiner, zerknitterter und gebückter Mann noch dabei, die Käfer in den Schaukästen mit einem Pinsel abzustauben. Er trug einen weißen Arbeitsmantel, hatte schneeweißes, langes Haar und zitterte leicht.

„Hallo Kinder!", begrüßte er die vier. „Wie geht's?"

„Gut!", antworteten die Knickerbocker. „Und Ihnen?"

Poppi konnte nicht verstehen, wie jemand es hier aushalten konnte.

Der Mann hob die Hände und schnaufte. „Nicht so gut, leider! Ich habe heute etwas entdeckt, das mir große Sorgen macht. Stellt euch vor, jemand aus dem Museum stiehlt Käfer!"

Das konnten die Juniordetektive nicht glauben.

„Es ist aber so. Viele der Tiere sind sehr, sehr wertvoll. Sammler zahlen hohe Preise dafür. Der Dieb muss einen Schlüssel zu den Schaukästen haben und geht sehr geschickt vor. Er nimmt immer nur einen Käfer aus einem Schaukasten und ordnet die anderen um, sodass das Verschwinden nicht sofort bemerkt wird. Ich werde die Angelegenheit heute noch der Polizei melden müssen."

Der Mann schien über seine Entdeckung sehr verzweifelt zu sein und putzte nachdenklich weiter. „Mehr als vierzig Jahre arbeite ich schon hier, aber so etwas ist mir noch nie passiert“, sagte er traurig.

Unter den Schaukästen befanden sich Holzschränke, in denen vor allem Bücher aufbewahrt wurden. Dominik war schon beim Betreten des Saales aufgefallen, dass aus einem dieser Schränke ein seltsames Schaben und Krabbeln kam. Während die Knickerbocker sich mit dem Kustos (= Leiter einer Museumsabteilung) unterhielten, wurden die Geräusche immer lauter.

„Entschuldigung, aber könnte es sein ... dass ... dass einige der Käfer wieder lebendig werden?“, fragte der Junge.

Der Kustos verneinte. Das war unmöglich.

„Aber ... aber in diesem Schrank ... da krabbelt es so seltsam!“, meldete Dominik.

Der alte Mann zog einen Schlüssel aus dem Mantel und öffnete die hölzerne Schranktür. Die Folge war grauenhaft.

Unter lautem Surren erhob sich ein riesiger Schwarm aus dem Schrank und umschwirrte den Kopf des Kustos. Der Mann schrie entsetzt auf und schlug mit den Händen um sich.

„Hilfe ... Hilfe!“ Er spuckte und würgte und

taumelte. Axel und Dominik gelang es gerade noch, ihn aufzufangen und vor einem schlimmen Sturz zu bewahren. Sie schleppten den Mann aus dem Saal und riefen nach einem Aufpasser. Aber ausgerechnet jetzt war keiner da.

„Das sind giftige Motten ... jemand muss Larven in den Schrank gelegt haben. In der Wärme können die Tiere innerhalb weniger Stunden schlüpfen und losschwirren!", keuchte der Mann. „Kinder ... ihr habt mir wahrscheinlich das Leben gerettet!"

Endlich kamen zwei Helfer des Kustos herbeigerannt. Einer verständigte sofort den Arzt, der andere lief zum Saal, um sich die Motten anzusehen.

„Es handelt sich glücklicherweise nicht um giftige Motten", meldete er. „Es sind Eintagsfliegen, von denen es in diesem Sommer besonders viele gibt. Sie sehen den Motten, die der Kollege meint, aber sehr ähnlich!", erklärte der Mann.

„Zufällig sind die nicht in den Schrank gekommen", meinte Lilo. „Ich könnte mir vorstellen, dass der Käferdieb das getan hat. Er wollte den Kustos erschrecken und einen Unfall verursachen."

Der Direktor des Museums beschloss, den Vorfall geheim zu halten. Außer der Knickerbocker-

Bande, dem Kustos und seinen beiden Helfern wusste niemand davon.

Den Dieb vermutete der Direktor eher unter den Aufpassern, von denen in letzter Zeit einige neu eingestellt worden waren. Als die Sache mit den Eintagsfliegen geschah, waren fast alle bereits gegangen, da ihr Dienst um fünf zu Ende war. Nur zwei hatten eine letzte Runde durch die Säle gedreht, um zu kontrollieren, dass auch bestimmt kein Besucher mehr im Haus war.

Die beiden Männer wurden noch am selben Abend befragt, was sie kurz vor sechs gemacht hatten:

Aufpasser 1: „Ich habe noch einen Abstecher in den Sauriersaal gemacht. Die Installateure waren fertig und die Putztruppe hatte bereits den Boden trocken gewischt. Deshalb konnte ich den Saal abschließen."

Aufpasser 2: „Ich war noch bei den Bienen. Sie schienen wieder gesund zu sein."

Am nächsten Morgen befragte der Direktor auch die anderen Wächter. Auf Anraten der Juniordetektive stellte er immer dieselbe Frage: „In der Käfersammlung hat jemand giftige Motten in einem Schrank versteckt. Der Kustos wurde beinahe schwer verletzt. Haben Sie etwas Verdächtiges beobachtet?"

Aufpasser 3: „Nein, leider nicht. Aber bitte, das bedeutet keineswegs, dass ich nicht gut arbeite. Ich mache nie Pausen und schaue mich ständig um. Ehrlich! Ich war es auch, der die Sache mit dem glatten Parkett entdeckt hat. Dass sich niemand ein Bein gebrochen hat, ist also nur mir zu verdanken!"

Aufpasser 4: „So eine Schweinerei! Wer das wohl getan hat? Es muss jemand gewesen sein, der einen Schlüssel zu dem Schrank hat. Ich habe einen, aber ich würde so etwas nie machen. Ich bin ungefähr eine halbe Stunde, bevor die Sache geschehen ist, gegangen."

Aufpasser 5: „Ich war länger im Museum, so ungefähr bis halb sechs. Ich habe der Putzfrau Tipps gegeben, wie sie den Boden etwas aufrauen kann. Aber sie hat es abgelehnt, das Parkett mit Zuckerwasser zu reiben ..."

Aufpasser 6: „Die Käfersammlung betrete ich nie. Das ist nicht mein Gebiet. Ich bleibe immer bei den Sauriern. Dort hatten wir gestern Hochbetrieb. Allerdings musste ich pünktlich gehen, weil meine Frau Geburtstag hatte. Nein, ich habe nichts gesehen!"

KRIMI-FRAGE:

Die Knickerbocker-Bande hatte richtig vermutet: Der Käferdieb wollte mit seinem miesen Trick tatsächlich den Kustos ausschalten. Aber zum Glück haben Lügen kurze Beine – oft kürzere als die eines Käfers. Aber wer ist der Käferdieb?

KRIMI-LÖSUNG:

A	E	U	F	G	P	Q	A	F	S	S
E	F	R		N	N		U	B	M	M
E	V	R		J	4	S	:	H		E
R	G		W	I	U	!	S	U	S	T
E	H	,		L	W	A	A	;	N	N
	J	D	I	D	E	C		H	S	A
C	I	H	E	W		$	G	T	E	S
C	L	H	A	G	H	G	,	E		O
B	Ö	W	O	Ä	H	J	L	D		N
I		E	M	:	A	M	N	V	D	
D	M	E	N	I		Ö	Z	S	E	I
T	J	P	U	N	N	?	K	W	T	
E	I	R	W	E	Ä	G	H	G	N	T
E	F	.		X		B		G		
W	E	Z		I		O	L	K	D	F

Versteck im Hosenaufschlag

Ein Hosenaufschlag ist sehr gut als Versteck geeignet. Kremple deine Hose – wenn sie ein Stück zu lang ist – nach außen auf und nähe den Aufschlag mit ein paar Stichen fest. Du kannst ihn so geschickt nähen, dass er eine Tasche bildet, in der du einen kleinen Stift, eine Mini-Lupe oder andere wichtige Dinge unterbringst.

AM TATORT

Poppi unter Verdacht

1

„Poppi, du spinnst! Du spinnst komplett! Tutto kompletto!“, schimpfte Lieselotte mit ihrer Freundin.

„Und du … du … hast keine Ahnung. Du kennst dich nur bei Krimis aus, nicht aber bei Tieren!“, schrie Poppi aufgebracht.

„He, Mädels, regt euch ab!“, mischte sich Axel ein.

„Halt du dich raus!“, schnauzten ihn beide an.

Beleidigt zog sich der Junge zurück. „Ihr denkt auch, dass ihr die Weisheit mit dem Löffel gefressen habt!“, brummte er.

„Poppi, auch ich teile Lilos Meinung. Du hast etwas Unrechtes vor! Ich kann das nicht gutheißen“, erklärte Dominik in seinem belehrenden Ton.

„Quatsch nicht so kariert!“, fauchte Lieselotte.

„Ich rede, wie ich will, Frau Superschlau!“, brüllte Dominik.

So schlimm wie an diesem Tag waren sich die vier Knickerbocker noch nie in die Haare geraten. Jeder funkelte den anderen nur noch wütend an und wünschte ihn auf den Mond.

„Ihr seid einfach zu blöd!“, tobte Poppi und rannte weg.

Der Grund für den Streit war erstens die große Hitze, die den vieren zu schaffen machte, und zweitens die Idee Poppis und ihrer Freunde vom Tierheim, einen Tanzbären zu befreien. Sie hatten das Tier in einem kleinen Wanderzirkus entdeckt, der am Rande der Stadt sein Zelt aufgeschlagen hatte. Der arme Bär hauste in einem viel zu kleinen Käfig mit dünnen Gitterstäben. Damit er in der Nacht nicht ausbrach, wurden die Stäbe unter Strom gesetzt. Berührte sie der Bär, bekam er einen kräftigen Schlag ab. Zu schlafen war für ihn so gut wie unmöglich, weil er sich nicht einmal in einer Ecke zusammenrollen konnte.

Poppi und ihre Freunde vom Tierheim hatten dem Besitzer des Zirkus Geld geboten, aber dieser wollte den Bären nicht verkaufen. Auch die Bären-Dompteuse Luisa Furiosa hatte lautstark verkündet, sich niemals von dem Tier trennen zu wollen, das sie bereits seit vier Jahren im Zirkus vorführte. Zuvor hatte die Frau als Bodybuilderin gearbeitet, was ihr noch heute anzusehen war.

Um das Tier zu retten, wollten Poppis Freunde es in der Nacht entführen und Geld in den Käfig legen. Sie kannten einen Wildpark, wo der Bär ein riesiges Gehege beziehen und seine Ruhe haben könnte.

Lilo, Axel und Dominik wussten nicht, was sie von der Idee halten sollten. Natürlich wollten auch sie, dass dem Bären geholfen wurde. Andererseits war es eindeutig eine Straftat.

Am nächsten Morgen rief Frau Monowitsch, Poppis Mutter, völlig aufgebracht bei Lieselotte an. Die Polizei war bei ihnen gewesen und hatte Poppi verhört. Der Bär war in der Nacht aus dem Zirkus verschwunden. Der Direktor beschuldigte die Leute vom Tierheim, ihn entführt zu haben.

Lilo versuchte, am Telefon mit ihrer Freundin zu reden, aber Poppi wollte nichts sagen. Aus diesem Grund verständigte Lieselotte Axel und Dominik. Gemeinsam fuhren sie mit den Fahrrädern zum Zirkus und nahmen den Platz rund um den Bärenkäfig unter die Lupe.

BEANTWORTE FOLGENDE FRAGEN:

1. Steht der Käfig unter Strom?
2. Welche Abdrücke sind frischer?
3. Ist der Bär durch die aufgebogenen Gitterstäbe geflohen?
4. Könnte Luisa Furiosa die Gitterstäbe verbogen haben?
5. Wollte jemand den Eindruck erwecken, dass der Bär ausgerissen ist?
6. Ist anzunehmen, dass der Bär von jemandem befreit wurde?
7. Könnte der Entführer des Bären überrascht worden sein?

Für jede richtige Antwort bekommst du 

KRIMI-LÖSUNG:

1	E	.		E	N	G	E	R	I	N
.	G		2	F	.	H		F	D	I
E	B		D		E		R	S		K
L	D	E	I	D	N	N	E	!	R	E
N	W		S	W	C	L	H	F	U	H
E	G	.		!	3	:	.	M		N
E	B	I	N		.	E		;	4	.
	H	J	A	J	.	!		Ü		
	L	5	.	L			J	U	A	.
6	:	.		J	J	F	A	H	.	
7	T	.		N	J	G	A	G	.	
5	.		D	E	R	R		D	T	D
	7	.		S	E	R	U	O		P
1	.		A	S	B		N	M	L	
3	.		Ö	K	M		D	T	4	.
S	R	T	U		R	M		D	E	B

Poppi unter Verdacht

2

Axel, Dominik und Lieselotte beratschlagten lange und malten sich dann verschiedene Möglichkeiten aus, was sich in der Nacht beim Bärenkäfig abgespielt haben könnte.

WELCHE VERMUTUNG TRIFFT DEINER MEINUNG NACH ZU?

AXEL: Ich glaube, dass Luisa Furiosa eingesehen hat, dass der Bär in diesem Käfig nur gequält wird. Aus diesem Grund wollte sie vortäuschen, dass er ausgebrochen ist. In Wirklichkeit hat sie ihn befreit. Zur gleichen Zeit sind die Tierschützer gekommen. Als sie gesehen haben, was Luisa tat, haben sie das Geld hinterlegt, um den Direktor zu entschädigen. Dieser hat gehört, dass etwas los ist: Deshalb mussten alle schnell fort. Der Direktor hat das Geld gefunden und an sich genommen, wollte aber auch seinen Bären zurück und hat deshalb Anzeige erstattet. Poppi und die Tierschützer sind unschuldig!

DOMINIK: Ich habe eine andere Vermutung. Poppi und ihre Tierschutzfreunde haben die Stromzuleitung abgesteckt und wollten den Bären befreien. Dieser hat gemerkt, dass er aus dem Käfig kann, und hat die Gitterstäbe aufgebogen. Poppi hatte in der Zwischenzeit die Schlüssel organisiert. Sie muss den Käfig aufgeschlossen haben, denn die Öffnung war für den Bären zu klein. Ich glaube auch, dass der Direktor das Geld, das ihm die Tierschützer gebracht haben, hat verschwinden lassen.

LIESELOTTE: Nein, Dominik, da bin ich anderer Meinung. Axel hat in einigen Punkten Recht. Luisa hat den Bären befreit, wurde dabei aber vom Direktor überrascht. Deshalb musste sie fliehen. Später sind dann die Tierschützer gekommen und haben erkannt, dass der Bär schon von jemand anderem weggebracht worden war. Enttäuscht sind sie wieder abgezogen. Dabei wurden sie jedoch vom Direktor beobachtet, der sie angezeigt hat. Poppi sitzt schön in der Tinte, aber wir werden ihr natürlich helfen.

KRIMI-FRAGE:

Welches Mitglied der Bande hat Recht?

KRIMI-LÖSUNG:

W	F	B	D	O	M	I	D	F	C	E
A	X	I	E	K	L	.	E		G	
R		H	G	R	J	G	E	H	J	
G	T	L	R	G	K	T	F		;	D
B	G	Ü	!	S		;	W	M	:	E
H	!	L	B	W	:	L	!	K	Ö	W
Z	S		O	I	K		S		P	!

Übrigens: Der Bär lebt schon im Tierpark und tollt durch sein weitläufiges Gehege.

Wer schmuggelt die Schildkröten?

Es war grausam. Wie viele Tiere mussten wohl dabei ihr Leben lassen? Poppi musste etwas unternehmen.

Seit einiger Zeit wurden wieder kleine Schildkröten aus Griechenland nach Österreich geschmuggelt. Die Einfuhr und der Verkauf dieser Tiere waren strengstens verboten, und dennoch versuchten noch immer einige Fernfahrer, auf diese Weise etwas Taschengeld dazuzuverdienen.

Sie zwängten die wehrlosen Tiere in Kisten, die sie zwischen der Ware, die sie transportierten, versteckten. Durch die Hitze und den Mangel an Nahrung und Wasser verendeten viele Schildkröten auf der Reise.

„Ich habe im Fernsehen gesehen, dass zurzeit wieder mehr Schildkröten geschmuggelt werden. Wir müssen etwas tun!“, drängte Poppi ihre Freunde.

Die Knickerbocker-Bande beschloss, am nahen

Grenzübergang ein wachsames Auge auf Lastwagen zu werfen, die aus Griechenland kamen.

An diesem Tag waren es nur drei. Ein Kühlwagen mit gefrorenem Hammelfleisch, ein Transporter mit Wassermelonen und ein LKW mit Olivenfässern. Während die Fahrer die Zollpapiere abstempeln ließen, untersuchten die Juniordetektive blitzschnell die Ladungen. Viel Erfolg hatten sie bei den ersten beiden Wagen allerdings nicht.

In den Kühlwagen konnten sie nicht hinein, da er abgesperrt war, und die Melonen bildeten eine undurchdringliche Wand. Zwischen den Fässern mit den Oliven fanden sie dann aber drei Kisten. Jede war so groß wie eine Getränkekiste und gut verschlossen. In den Deckel waren einige Löcher gebohrt, aus denen ekeliger Gestank drang.

„He, was macht ihr da?“, tobte der Fahrer des Wagens, als er die vier Knickerbocker auf der Ladefläche entdeckte.

„Wir suchen nach Schildkröten, die geschmuggelt werden“, antwortete Axel wahrheitsgemäß.

„Hier werdet ihr keine finden“, schnauzte sie der Mann an, der fast aus seinem T-Shirt und seiner braunen Hose zu platzen schien.

„So, und was ist in den Kisten?“, fragte Lilo.

„Geldmatsch!“, antwortete der Fernfahrer.

Die vier Freunde verstanden kein Wort.

„Kommt heraus, ich werde euch erzählen, was ich erlebt habe“, sagte der Mann.

Die Juniordetektive verließen den Laderaum und setzten sich mit dem Fahrer in den Schatten eines Baumes.

„Mir ist etwas Unglaubliches passiert. In Griechenland habe ich an einem Fluss Rast gemacht. Die Hitze war schrecklich, und es ist gefährlich zu fahren, wenn man erschöpft ist. Plötzlich aber sehe ich eine Kiste auf den Wellen treiben. Eine der drei, die ihr gerade begutachtet habt. Ich hole sie mit einem langen Stock ans Ufer und mache sie auf. Da sind mir fast die Augen herausgefallen!“

„Was war drin?“, fragten die Knickerbocker aufgeregt.

„Grüner Matsch ... die Kiste war randvoll mit grünem Matsch. Ich habe das Zeug untersucht. Jemand muss die Kiste mit Banknoten voll gestopft und sie dann ins Wasser geworfen haben. Die beiden anderen Truhen waren ebenfalls voll mit diesem grünen Papierbrei.“

Dominik staunte nicht schlecht. „Es war ein Fälscher, der sich eingestehen musste, dass seine Blüten nicht gut genug waren, und sie deshalb in den Fluss geworfen hat“, vermutete er.

„Nein, ich glaube eher, dass es sich um die Beute eines Banküberfalls handelt!“, meinte Axel.

Lieselotte war anderer Meinung: „Nein, dieser Mann da versucht uns einen Bären aufzubinden und uns für dumm zu verkaufen, aber das gelingt ihm nicht. Die Geschichte ist erlogen. Sie kann gar nicht stimmen!"

Die Bande meldete ihre Entdeckung der Polizei, die tatsächlich in allen drei Kisten Schildkröten entdeckte. Wie durch ein Wunder hatten alle überlebt. Die Tiere waren geschwächt, sollten aber in einem Zoo aufgepäppelt werden, um später wieder in ihre Heimat zurückzukehren.

Bravo, Poppi! Bravo, Knickerbocker-Bande!

KRIMI-FRAGE:

Was stimmte an der Geschichte nicht?

	G	F	D	E	E		R	F	D	D
E	G	I	N	1	E	A		E	M	I
T	T		N	F	A	W	S	R	S	E
N	B		B	B	A	D	N	F	K	N
O	F	T	E	H	N	E		F	R	A
N	R	D	V	:	O	G	L	G	L	E
	R	K	I		S		T		E	
G	E	E	H	Z	T	V		B	U	N
T	E	E	R	H	.	G		V		
D	Z	U	I	J	M	N	D	C		F
	F	F	P	O		P	I	P	I	G

Schloss Schauerlich

Von außen sah das Haus völlig harmlos aus. Auch wenn man es betrat, hatte man den Eindruck, dass es sich um ein ganz gewöhnliches Haus handelte. Und selbst bei einem Rundgang durch die etwas muffigen und ziemlich abgewohnten Räume schöpfte ein normaler Besucher keinen Verdacht.

Sogar den Juniordetektiven der Knickerbocker-Bande wäre nichts aufgefallen, wenn sie nicht Axel beim Ausmalen seines neuen Zimmers geholfen hätten.

Das Haus hatte seine Mutter vor einer Woche von einem Makler gekauft. Es war billig gewesen, da es früher einem Mann gehört hatte, der vor vielen Jahren einen Postzug überfallen und dabei 25 Millionen Schilling erbeutet haben sollte. Allerdings hatte man ihm nie etwas nachweisen können. Fünf Jahre lang hatte er nichts Auffälliges unternommen und vor allem kein einziges Wort gesprochen. Er besaß weder Verwandte noch

Freunde und hatte das Haus nur selten verlassen. Da die ganze Nacht immer Licht gebrannt hatte und bei Tag die Vorhänge stets geschlossen gewesen waren, hatten die Nachbarn dem Haus den Namen „Schloss Schauerlich“ gegeben.

Vor drei Monaten war nun der Besitzer, Herr Glock, bei einem Verkehrsunfall ums Leben gekommen und das Haus war zum Kauf angeboten worden.

Axels Mutter hatte sich anfangs vom Namen abschrecken lassen. Der niedrige Preis war dann aber zu verlockend gewesen.

Axel fand es äußerst spannend, in das geheimnisvolle Gebäude zu ziehen. Jede freie Minute verwandte er dafür, um sein Zimmer zu einer echten „Traumbude“ umzubauen. Zuerst einmal mussten die gestreiften Tapeten von den Wänden. Gemeinsam mit seinen Kumpels kratzte und riss er sie herunter. Es war Lieselotte, der dabei die Karten in die Hände fielen. „He, schaut einmal!“, sagte sie verwundert.

Unter der Tapete waren sieben alte Ansichtskarten zum Vorschein gekommen. Alle trugen dasselbe Datum: 8. 8. 88.

Dominik fiel sofort etwas auf, als er eine der Karten unter die Lupe nahm. Er erklärte seinen Detektiv-Kollegen, was er entdeckt hatte. „Der

GRAZ-UHRTURM

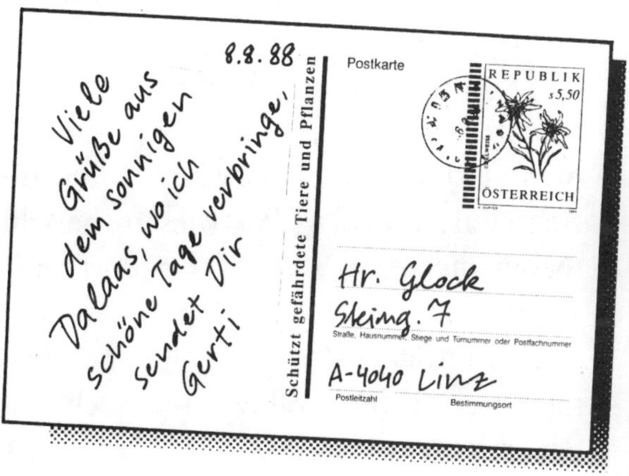
8.8.88
Viele Grüße aus dem sonnigen Dalaas, wo ich schöne Tage verbringe, sendet Dir Gerti
Schützt gefährdete Tiere und Pflanzen
Postkarte
REPUBLIK
s 5,50
ÖSTERREICH
Hr. Glock
Steing. 7
Straße, Hausnummer, Stiege und Türnummer oder Postfachnummer
A-4040 Linz
Postleitzahl
Bestimmungsort

Text passt nicht zu dem Bild auf der Ansichtskarte. Sie zeigt Graz. Dalaas liegt aber in Vorarlberg! Wieso schickt Gerti auf einer steirischen Ansichtskarte schöne Grüße aus Vorarlberg?"

Lieselotte nickte. Das war tatsächlich ziemlich seltsam. Auch auf den anderen Karten stimmten Bild und Nachricht nicht überein.

Von Dalaas abgesehen, hatte Gerti aus Gurk, Eisbach, Frankenfels, Kleedorf, Lochen und Moosdorf viele Grüße geschickt.

Ratlos betrachteten die Juniordetektive die Ansichtskarten. Was hatten sie zu bedeuten? Irgendetwas musste an ihnen dran sein, sonst hätte sie der Besitzer von Schloss Schauerlich nicht hinter der Tapete versteckt.

Dominik schlug Folgendes vor: „Wir gehen zur größten Zeitung der Stadt und suchen im Archiv die Zeitungen aus dem Jahr 1988, die von dem Überfall auf den Postwagon berichtet haben. Möglicherweise stoßen wir dort auf eine Antwort!"

Gesagt, getan! Die vier Freunde hatten Glück. Der Leiter des Archivs überreichte ihnen nach einer halben Stunde Suche insgesamt sieben Zeitungen, in denen Artikel über den Überfall abgedruckt waren.

Nachdem sie die Berichte aufmerksam gelesen

hatten, stand für die Knickerbocker einiges fest: Der Überfall war von zwei Tätern verübt worden. Einer war mit der Beute geflüchtet, bei dem anderen hatte es sich wahrscheinlich um den ehemaligen Besitzer von Schloss Schauerlich, Herrn Glock, gehandelt. Geklärt worden war der Fall aber nie. Herrn Glock konnte nicht nachgewiesen werden, dass er an dem Raub beteiligt gewesen war, und von der Beute und dem Komplizen hatte jede Spur gefehlt.

Wieder zurück im Schloss Schauerlich, studierte Lieselotte noch einmal alle Ansichtskarten ganz genau. Nach einer Weile fielen ihr kleine Ziffern neben den Briefmarken auf. Wer auch immer die Ansichtskarten geschickt hatte, schien sie nummeriert zu haben: von 1 bis 7.

Das Superhirn benötigte eine Weile, dann aber hatte es einen Teil des Rätsels der Ansichtskarten gelöst.

Der Komplize oder die Komplizin von Herrn Glock hatte ihm eine Botschaft zukommen lassen.

Am Abend zeigte Lieselotte ihren Kumpels, was ihr aufgefallen war: „Auf einigen Karten sind Wörter mit Rechtschreibfehlern. Wenn ihr sie in der richtigen Reihenfolge lest, ergeben sie eine Botschaft!“

Poppi beugte sich über die Ansichtskarten und

kombinierte: „Die Botschaft lautet: Bankschließfach Nummer ... Innsbruck."

Axel strahlte: „Ich glaube, dieser Herr Glock war deshalb so ein Muffel, weil er nie herausgefunden hat, *wo* sein Komplize oder seine Komplizin seine Hälfte der Beute versteckt hat. In einem Schließfach einer Innsbrucker Bank!"

Lieselotte hob die Hand. „Aber wir wissen das Wichtigste noch nicht! Welche Nummer hat das Schließfach?"

Wieder studierten die Knickerbocker die Ansichtskarten, aber sie konnten keinen Hinweis auf die Nummer des Schließfaches entdecken.

Sie gaben es schließlich auf und halfen Frau Klingmeier beim Hereintragen der Obstkartons, in denen sie die Bücher übersiedelte. Dabei fiel Lilos Blick auf die Telefonbücher, die obenauf lagen.

Da hatte das Superhirn abermals eine Idee. Es nahm den ersten Band und blätterte die ersten Seiten durch.

Dort fand Lilo, wonach sie suchte. Schnell ließ sie ihre Finger über die Spalten gleiten. Sie kritzelte Zahlen auf einen Zettel und schließlich verkündete sie: „Das Bankschließfach hat die Nummer 39786!"

Die Juniordetektive teilten diese Entdeckung der Polizei mit, die ihnen zuerst nicht glaubte. Die

Beamten hielten die vier für Wichtigtuer und lächelten nur milde.

Wütend begab sich Axel in seinem Zimmer wieder an die Arbeit. Als er die letzten Tapetenfetzen entfernte, machte er den zweiten wichtigen Fund: Er entdeckte einen Schlüssel, der ohne weiteres zu einem Bankschließfach passen konnte.

Nun trat Lilo in Aktion. Sie rief alle Innsbrucker Banken an, bis sie endlich auf ein kleines privates Geldinstitut stieß, das Schließfächer mit hohen Nummern hatte.

Auch ein Fach mit der Nummer 39786 gab es.

Am nächsten Tag war die Sensation perfekt: In dem Schließfach wurden 12,5 Millionen Schilling gefunden. Es war der Anteil Herrn Glocks, dem der inzwischen Verstorbene so lange vergeblich auf der Spur gewesen war.

KRIMI-FRAGE:

Wie kam Lilo auf die Nummer des Bankschließfachs?

8.8.88
Eisbach
ist schön,
aber zu eisig.
Ich reise sofort
weiter!
Gerti!
Schützt gefährdete Tiere und Pflanzen
Postkarte
REPUBLIK
S 5,50
ÖSTERREICH
Hr. Glock
Steing. 7
A-4040 Linz

8.8.88
Moosdorf ist ein
Traum! Warum
kommst du nicht her?
Das fragt Dich, Deine
Gerti
P.S.: Meine Reise führt mich
weiter nach Insbruck.
Schützt gefährdete Tiere und Pflanzen
Postkarte
REPUBLIK
S 5,50
ÖSTERREICH
Hr. Glock
Steing. 7
A-4040 Linz

8.8.88
Bitte
schließ immer
gut ab, wenn du
fortgehst, mein Lieber!
Gruß und Kuß aus
Frankenfels.
Gerti!
Schützt gefährdete Tiere und Pflanzen
Postkarte
REPUBLIK
S 5,50
ÖSTERREICH
Hr. Glock
Steing. 7
A-4040 Linz

8.8.88
Kleedorf
ist mir eine
Numer zu
langweilig. Deshalb
geht es schon
morgen weiter!
Küsschen
Gerti
Schützt gefährdete Tiere und Pflanzen
Postkarte
REPUBLIK
S 5,50
ÖSTERREICH
Hr. Glock
Steing. 7
A-4040 Linz

8.8.88
Auch Gurk gefällt
mir gut. Sitze hier
auf einer Bang im Park
und genieße die
gute Luft.
Grüße, Gerti!
Schützt gefährdete Tiere und Pflanzen
Postkarte
REPUBLIK
S 5,50
ÖSTERREICH
Hr. Glock
Steing. 7
A-4040 Linz

8.8.88
Bitte nimm das
Huhn aus dem Vach
im Eiskasten! Es
verdirbt sonst. Ich
genieße die Luft in
Lochen. Deine Gerti
Schützt gefährdete Tiere und Pflanzen
Postkarte
REPUBLIK
S 5,50
ÖSTERREICH
Hr. Glock
Steing. 7
A-4040 Linz

8.8.88
Viele
Grüße aus
dem sonnigen
Dalaas, wo ich
schöne Tage verbringe,
sendet Dir
Gerti
Schützt gefährdete Tiere und Pflanzen
Postkarte
REPUBLIK
S 5,50
ÖSTERREICH
Hr. Glock
Steing. 7
A-4040 Linz

KRIMI-LÖSUNG:

A	E	E	R	S	S	T		U	H	B
L	W	I	E	R	S	U	E	U	L	O
T	Z	T	E	D		I	H	E	A	T
	H	A	U	S	S	J		R	D	E
M			T	E	E	K	L	S	E	F
O	K	N	B	E	U	E	C	S	H	
D	M	I	E	S		Q	P	T	O	S
T	L	L	E	Z	I	T	T	T	Z	A
H	P	L	E	U	N	D		E	D	E
R	R		V	K	O	G	N	D		G
E	D	R	T	L	I	B		A	A	N
G	S	E	B	F	L	O	I	H	C	H
	T	B	E	G	S	P	U	J	C	H
T	U	E	N	T		Ü	O	N	R	T
E	V		H	B	E	K	R	D	A	U
S	W	G	E	N	S	H	U	F	C	H
T	H		U	M	N	A	D	E		Z
U	N	S	A	C	M	E	M	R	E	N
G	D	E	Z	!	Ä	E	H	Z	L	T
.	A			F		T	Z		H	I

Trainingsfall von Lilo

Der jodelnde Hahn

Er war eine Attraktion, die alle zum Staunen brachte: Ottokar, der jodelnde Hahn. Er lebte im Gastgarten des nach ihm benannten Wirtshauses und stolzierte dort den ganzen Tag unermüdlich auf und ab. Gespannt warteten die hungrigen Gäste an den winzigen, uralten dreibeinigen Tischen nicht nur auf das Essen, sondern vor allem auf Ottokars seltsames Krähen, das sich tatsächlich wie Jodeln anhörte.

Gerade als Gustav Grüngans seine Rechnung bezahlen wollte, war es wieder einmal so weit. Ottokar streckte den Hals, hob den Schnabel hoch in die Luft und ließ sein urkomisches Jodeln erschallen.

Gustav Grüngans hatte seine Geldtasche vor sich auf den Tisch gelegt, und als er sich nun wieder umdrehte, stellte er fest, dass sie verschwunden war. Jemand musste den Augenblick genutzt und sie blitzschnell eingesteckt haben.

Herr Grüngans musterte den Kellner, der neben ihm stand und ungeduldig auf den Rechnungsblock klopfte. Er hätte die Börse ohne weiteres in einer seiner weiten Schürzentaschen verschwinden lassen können. Sie erschienen dem Bestohlenen recht ausgebeult und ziemlich voll.

Am Nebentisch war im Augenblick niemand zu sehen. Der Gast, der dort saß und aß, war unter dem Tisch verschwunden.

„Was tun Sie da?“, fragte Herr Grüngans nicht gerade freundlich.

„Es geht Sie zwar nichts an, aber ich sage es Ihnen trotzdem“, erwiderte der andere ebenso unfreundlich. „Ich habe einen Getränkeuntersatz aus Pappe unter das Tischbein geschoben, weil mein Tisch wackelt.“

„Was ist, wollen Sie nicht endlich bezahlen?“, fragte der Kellner Herrn Grüngans forsch.

Dieser geriet in Wut. „Ich will, aber ich kann nicht, weil Sie wahrscheinlich meine Geldtasche in Ihrer Schürze verschwinden haben lassen.“

Der Kellner, ein ziemlich grober Kerl, machte Anstalten, den hageren Herrn Grüngans zu verprügeln. Sein Chef hielt ihn jedoch gerade noch davon ab. „Eine Frechheit ist das!“, beschwerte sich der Kellner. „Ich habe Ottokar beobachtet und werde als Dieb beschimpft.“

KRIMI-FRAGE:

Wer hat die Geldtasche gestohlen?

KRIMI-LÖSUNG:

D	R	E	R			R	G	F	A	S
T	F	:		F	E	F	I	V	N	
D	B	R	E	B	I	T	B	;	E	I
N	H	I	G	H	E	H	R	L		T
I	Z	S	C	M	H	U		O	K	A
N	U	N		;	N	I	I	P	C	H
T	K		W	L	A		C	E	K	E
L	I	N	.	O		K		R		
	E	E	R	S	T	:		E	A	S
W	E	Q	R	T	U	O		P	Ä	K

Lola taucht unter

mini KRIMI

Während ihres Aufenthalts in Los Angeles besuchten die Knickerbocker-Freunde auch eine Werkstatt, in der Wachspuppen hergestellt wurden. Am meisten faszinierte sie eine neuartige Maschine, die wie eine Duschkabine aussah.

„Wenn wir von einer berühmten Persönlichkeit eine Wachsfigur anfertigen wollen", erzählte die Leiterin der Werkstatt, „muss sich die oder der Prominente eine Art Strumpf aus elastischem Material über den ganzen Körper ziehen. Dieser dünne Strumpf passt sich jeder noch so kleinen Falte genau an. Die Person steigt dann in diese Kabine und wird mit kaltem Wachs besprüht, das eine dünne, aber sehr harte Schale bildet. Diese Schale schneiden wir später auf, die Persönlichkeit wird herausgeholt, und die Puppe ist fast fertig. Sie wird nur mehr bemalt, mit Haaren versehen und angezogen. Der gesamte Vorgang nimmt nicht mehr als eine Stunde in Anspruch."

Die Werkstatt kam zwei Tage nach dem Besuch der Knickerbocker ins Gespräch, da sich in der Umgebung etwas Seltsames ereignet hatte. Lola Lummster, eine gesuchte Fassadenkletterin, war einige Häuser weiter dabei erwischt worden, wie sie in die Villa eines Millionärs einsteigen wollte. Die Alarmanlage war von ihrem Komplizen, dem Butler, außer Betrieb gesetzt worden. Was Lola nicht wusste, war, dass es eine zweite Alarmanlage gab, die direkt die Polizei auf den Plan rief.

Die Kriminalbeamten kamen, und Lola musste fliehen. Sie verschwand in der Dunkelheit und tauchte nicht wieder auf. Man vermutete, dass Lola sich in einem der benachbarten Häuser versteckt hatte. Trotz genauer und gründlicher Suchaktionen konnte die Ganovin aber nicht gefunden werden.

„Was haltet ihr von folgender Idee?“, fragte Dominik seine Kumpels. „Lola ist in die Werkstatt geflüchtet und hat die Frau bestochen, die die Puppen macht. Diese hat Lola in eine Wachspuppe verwandelt, und als die Polizei kam, konnte sie natürlich keine Spur entdecken. Vielleicht ist Lola in Madonna, Marilyn Monroe oder Liz Taylor verwandelt worden. Ein bisschen formen, ein wenig Farbe, eine Perücke – und schon war sie jemand anderer.“

Die Knickerbocker-Detektive fanden die Idee gar nicht dumm. Poppi entdeckte durch Zufall in einer Zeitung ein Foto der Werkstatt. Es war geknipst worden, als die Polizei dort nach Lola gesucht hatte.

KRIMI-FRAGE:

In welcher Wachsfigur könnte Lola stecken?

KRIMI-LÖSUNG:

I	N	E		F	S	U	G	P		E
R	M	F	A	B	N	.	M		F	L
O	L	B	A	S		H	;	A	T	T
	V	H	E	W	R	G	Ö	E	G	S
S	E	J	N	!	,		:	I	E	H
R	E	K		R	P	E	U	R	W	L
E	N	O	K	T	E	T	I	T	!	E
	A	L	B		Z	U	J	N		E
H	M	Ö	E	H	N	.	E		G	
	E	W	R	T	K	L		P	D	E

Trainingsfall von Axel

Ein Spion aus der Luft

Nachdem die Knickerbocker in Japan das Tal der Donnerechsen* erkundet hatten, waren sie noch eingeladen worden, eine ganz besondere Fabrik zu besuchen.

Es handelte sich um ein Gebäude aus spiegelndem Glas, das nur durch einen Eingang auf dem Dach betreten werden konnte. Andere Zugänge gab es nicht. Die Leute, die dort arbeiteten, kamen jeden Tag statt mit dem Bus im Helikopter an.

Im Inneren des Hauses wurden Computerspiele erfunden, entwickelt, programmiert und getestet. Damit sich auch bestimmt kein Spion oder Dieb einer gegnerischen Firma einschleichen konnte, wurde auf Sicherheit allergrößter Wert gelegt. Der Dacheingang war nur ein Teil davon. Alle Telefon- und Computerleitungen wurden Tag und Nacht kontrolliert.

---

*Siehe Knickerbocker-Abenteuer Nr. 27: „Im Tal der Donnerechsen“

An jeder Seite des Gebäudes war eine Kamera aufgestellt, die minütlich ein Foto der Fassade knipste. Sollte jemand versuchen einzubrechen, wurde er bestimmt dabei fotografiert, denn es dauerte mehrere Minuten, eines der komplizierten Fenster zu öffnen.

Aber alle Vorsichtsmaßnahmen nützten nichts. Als ein brandneues Weltraum-Computerspiel fertig war, verschwand es plötzlich auf unerklärliche Weise. Dabei wäre es bestimmt ein Megahit geworden.

Der Sicherheitsdienst wusste, dass der Dieb von außen eingedrungen sein musste. Er kontrollierte Foto für Foto, und nach 22 Stunden, in denen die Wachleute bereits eckige Augen bekommen hatten, fanden sie die undichte Stelle. Einer von ihnen hatte mit dem Spion gemeinsame Sache gemacht. Beinahe wäre dem Sicherheitsdienst der entscheidende Punkt entgangen.

KRIMI-FRAGE:

Was ist den Wachleuten aufgefallen?

18.34
3
18.37
7
18.38
8
18.32
1
18.35
5
18.39
9
18.36
6
18.33
2

KRIMI-LÖSUNG:

E	S	E		R	F	E		H	T	L
T		W	E	T	I	N	G		G	F
O	T		O	G	.		B	A	B	U
C	H	G			W	E	H	N	D	N
	D	E	I	B	E		N	Z	Q	E
I	T	T	E	H	N		M	Z	!	U
	S	R	T	U	I	M	:	M	D	E
N		O	S	I	C	H	Ö	E	R	I
N	E		N	O	,		P	L		A
S	S	I	E	P	N		O	D	R	I
E		U	N	Ü	U	M	R	M	G	E
R	N	H			A	N	T		B	D
E	R	Z		?	U	N	W	T	H	E
R	K	G	A	!	N	T	D	E	N	
K	E	T	I	W	N	E		N	M	
Z	W	R	E	S	I	F	E	E	C	L
	D	F	A	E	R	A	E	N	D	.
		C		V	S	S	R		U	

Knickerbocker-Mini-Koffer

Er passt in jede Hosentasche, sieht völlig unverdächtig aus und es steckt alles drin, was ein Juniordetektiv braucht. Im Band 1 der Ratekrimis, „Gift für den Killerwal“, wurde der große Knickerbocker-Koffer beschrieben. Das hier ist die Mini-Ausführung, die du immer und überall bei dir haben kannst.

Auf den ersten Blick sieht der Mini-Detektivkoffer wie eine Streichholzschachtel aus. Wird er von einem Fremden geöffnet, hält er ihn auch dafür.

Nur Mitglieder der Bande wissen, dass sie an diesem Faden ziehen müssen. Dann hebt sich die Abdeckung und darunter ist deine Ausrüstung.

- Auf der Unterseite der Abdeckung kannst du deine Geheimzeichen eintragen.
- Mini-Stifte. (Säge Bleistifte in kleine Teile und spitze sie neu an.) Um die Mini-Stifte sind Klebe-

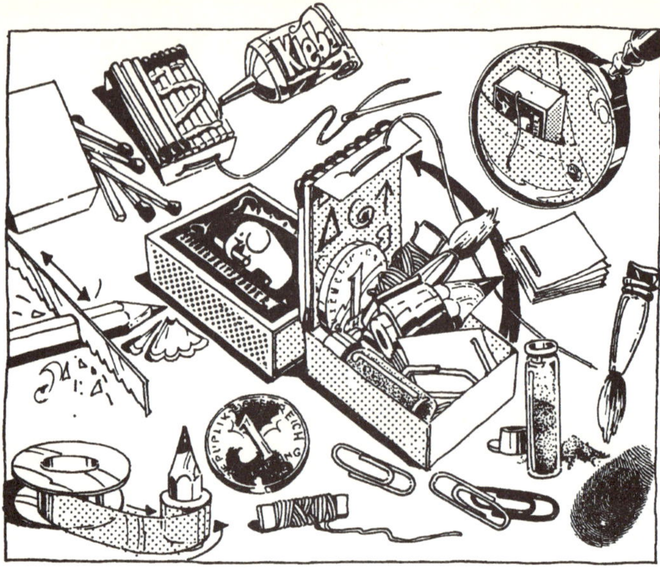

streifen gewickelt, mit denen du Fingerabdrücke abnehmen kannst.

- Mini-Block (briefmarkengroße Zettel zusammenheften)
- Winziges Fläschchen (zum Beispiel von einer Parfumprobe) mit Puder oder Bleistiftstaub
- Ein abgesägter Pinsel für Fingerabdrücke
- Münze zum Telefonieren
- Bunte Büroklammern

Der Nasenbär

Schulfall Dominik

Er konnte seinen Spitznamen nicht ausstehen, an dem seine übergroße, besonders lange und besonders spitze Nase schuld war. Schon in der Schule hatten ihn seine Klassenkameraden so gerufen, und jedes Mal wäre er vor Wut fast geplatzt. Nun ging er wieder zur Schule, allerdings war er mittlerweile erwachsen und Direktor geworden, aber noch immer nannten ihn alle Schüler hinter seinem Rücken „Nasenbär".

Besonders mutig zeigte sich Otto. Er wagte es sogar einmal, in riesigen Buchstaben ***„Heute ist der Tag des Nasenbären"*** auf die Tafel zu schreiben und dazu eine Zeichnung des gigantischen Riechorgans anzufertigen – und das, obwohl er wusste, dass der Direktor jeden Augenblick die Klasse betreten würde.

„Wenn er fragt, wer das war, schüttelt ihr nur den Kopf und beteuert, dass ihr unschuldig seid!", schärfte Otto seinen Kollegen ein.

„Und was ist mir dir?“, wollte einer wissen.

„Er wird gar nicht auf die Idee kommen, dass ich es gewesen sein könnte.“ Otto verschwand grinsend im angrenzenden Garderobenraum.

Mit Schwung schoss der Direktor wenig später in die Klasse und schloss die Tür. Sein erster Blick fiel auf die Tafel: „Wer war das?“, tobte er.

„Wir nicht!“, antworteten die Schüler wahrheitsgemäß.

„Würdet ihr das auch bei den Hühneraugen eurer Großmütter schwören?“, bellte der Direx.

Die Schüler nickten.

„Wo ist Otto?“, wollte der Direktor wissen, als er den leeren Platz bemerkte.

„Äh ... in der Garderobe!“, sagte ein Mädchen.

Der Direktor lief nach hinten, wo sich die Tür zu dem kleinen Raum befand. Er öffnete sie und prallte zurück. Otto hatte sich aus mehreren Mänteln ein bequemes Lager auf dem Boden gemacht, lag auf dem Rücken, hatte das linke Bein angewinkelt und atmete tief und langsam.

Er musste mehrere Male nach Otto rufen, bis dieser endlich aus seinem angeblichen Tiefschlaf erwachte. „Ent... Entschuldigung“, murmelte er. „Aber wir hatten letzte Stunde frei und ich war so müde ... weil ich meiner Mutter im Laden geholfen habe ...“

„Du kannst deine Urstrumpftante an der Nase herumführen, nicht aber den **NASENBÄREN**!“ Das letzte Wort brüllte der Direktor so laut, dass Otto zusammenzuckte. Der Direktor brach in schallendes Gelächter aus. „Na ja, es wird Zeit, dass ich mich wegen dieses Spitznamens nicht immer so aufrege. Außerdem hat eine große Nase auch ihre guten Seiten. Zum Beispiel kann ich Lügen drei Kilometer gegen den Wind riechen!“

KRIMI-FRAGE:

Warum glaubte der Direx Otto nicht?

KRIMI-LÖSUNG:

W	F	V	W	J	G	P	S	E	R	I
W	R	E	R	!		E	T		I	E
F	B		S	F	C	X	H	F	L	Ä
F	J	T	,	E		T	H	G	A	T
	E	S	E	B	I	I	N	B		B
E	I	I	N	U		:	N	D	I	C
H	L	T		M	A	K	N	I	G	E
W	Ö	I	N	Ä	K	R	E	L	L	T
.	M			O		A		U		

Ballonfahrt ins Jenseits

AM TATORT

1

Die vier Knickerbocker-Freunde fanden den Ballon, als sie mit Poppis Bernhardiner Puffi einen Spaziergang unternahmen. Der Ballonkorb stand mitten auf einer Wiese, die Hülle lag schlaff und leer daneben. Als Axel sie untersuchte, entdeckte er einen ungefähr 40 Zentimeter langen Riss.

„Ich weiß, wem der Ballon gehört“, rief Poppi. „Alexander Schanitzky, ihr wisst schon, der das Wettbüro beim Bahnhof hat. Er ist ein leidenschaftlicher Ballonfahrer – und ein großer Betrüger. Er soll schon viele Leute, die auf Pferde setzen, um ihren Gewinn betrogen haben.“

Die Juniordetektive mussten feststellen, dass von Herrn Schanitzky keine Spur zu entdecken war.

Was war mit ihm geschehen?

BEANTWORTE FOLGENDE FRAGEN:

1. Deutet etwas darauf hin, dass der Ballon abgestürzt ist?
2. Erweckt der Tatort den Eindruck, dass Herr Schanitzky den Ballon in Ruhe verlassen hat?
3. Könnte ein Kampf stattgefunden haben?
4. Kann man feststellen, ob die Ballonhülle in der Luft oder am Boden zerschnitten wurde?
5. Kann man die Zeit eingrenzen, in der das Unglück geschehen ist?

Für jede richtige Antwort bekommst du 

KRIMI-LÖSUNG:

1	.	E		!	N	E		I	E	N
.		F	2	S	.		F	N	W	E
I	N	V	.	E		3	V	.	D	
J	A	G	.	F		4	G	.	B	
N	E	Z	I	C	N	.	W		:	5
.		H	J	H	A	:			H	D
U	R	N	C	Ö	H		T	D	G	E
N		J	B	P	R	E	G	N	T	N
E	R	L	.	O			V		B	
A	S	X	D	T		Z	U	N	H	G
D	F	E	R	T	!		J	N	A	

Ballonfahrt ins Jenseits

2

AM TATORT

Die Knickerbocker-Bande besprach noch einmal alle Spuren, die sie hatte feststellen können. Vieles schien darauf hinzuweisen, dass Herr Schanitzky überfallen worden war.

„Vielleicht hat jemand einen Bumerang nach dem Ballon geworfen und damit das Loch in den Stoff geschnitten“, vermutete Dominik.

„Ja, der Ballon musste notlanden, und dann hat der Täter sich Herrn Schanitzky geschnappt. Bestimmt ist es jemand, den er um sein Geld betrogen hat!“, meinte Axel.

Lieselotte hatte einen anderen Verdacht: „Es könnte aber auch sein, dass sich Herr Schanitzky klammheimlich aus dem Staub machen wollte. Er hat den Überfall nur vorgetäuscht. Alle sollten glauben, dass ihm etwas Schreckliches zugestoßen wäre.“

Poppi trat wieder an die Gondel, sah sich abermals um und sagte: „Vielleicht bin ich manchmal entsetzlich feige, aber auf den Kopf gefallen bin ich nicht. Für mich ist die Sache klar!“

KRIMI-FRAGE:
Für dich auch?

KRIMI-LÖSUNG:

H	E	F	R		R		S	S	4	C
H	A	G	N	H	I	T	W	Z		K
Y		B	H	B	A	T	D		D	D
E	N	H		G	Ü	B	C	E	F	R
F	A	U	L	R	L			V	V	O
R	G	J	E		T	Ä	G	U	G	S
C	H	I	T	E	.		V	D	T	A
B	E	K	I	!		I	F	S		T
	I		H	F	M		T	E	Z	I
N		O	F	B	E	H		L	H	E
R		L	U	H	N	T	H	E	N	R
L	A		U		F	E	U	N	J	.

Die jaulende Jodelschnepfe

„Dominik, bitte kannst du kurz zu mir kommen!“, bat Frau Renate Nadelmus den Jungen. Dominik war gerade auf dem Weg zur Schule und hatte es sehr eilig.

„Bitte ... ich brauche deinen Rat“, bat ihn Frau Nadelmus. „Ich ... ich fahre dich dafür mit dem Auto zur Schule, damit du nicht zu spät kommst.“

Das war ein gutes Angebot und Dominik nahm es gerne an. Als er die Wohnung der Sängerin betrat, fielen ihm sofort die vielen Fotos an den Wänden auf. Sie alle zeigten Frau Nadelmus bei Auftritten in den großen Opernhäusern der Welt. Sie war ein Star gewesen, hatte aber schon vor einigen Jahren ihre letzte Vorstellung gegeben. Seit damals sang sie nur hin und wieder bei einem Konzert, übte aber weiterhin jeden Tag mindestens eine Stunde.

„Ich habe fünf Drohbriefe erhalten ... in der letzten Woche ... sie sind so gemein und böse ...

und ich … ich weiß nicht, was ich machen soll!“ Die Frau war den Tränen nahe.

„Bestimmt sind die Briefe anonym“, vermutete Dominik.

Frau Nadelmus schüttelte den Kopf. „Nein, sind sie nicht! Sie sind unterschrieben. Aber … schau sie dir einmal an …!“

Sie kramte die fünf Zettel aus einer Schreibtischlade und legte sie vor Dominik auf den Tisch.

Dominik kannte Herrn Gutmacher. Er war ein freundlicher Mann und wohnte in der Nachbarwohnung. „Haben Sie mit ihm über die Briefe gesprochen?“, fragte der Juniordetektiv.

Frau Nadelmus schluckte. „Das ist es ja! Ich wollte es tun, aber da ist er mir im Treppenhaus begegnet und war so höflich und zuvorkommend wie eh und je. Ich … ich kann einfach nicht glauben, dass er mir solche Briefe unter der Tür durchschiebt.“

Der Knickerbocker überlegte. Natürlich konnte auch einer der anderen Nachbarn diese Briefe geschrieben haben.

Dominik betrachtete ein Schreiben nach dem anderen und verglich sie miteinander. Schließlich meinte er: „Frau Nadelmus, ich … ich bin ein Knickerbocker und kein Profi-Kriminalist, aber ich denke, dass Herr Gutmacher wirklich nichts

Halten Sie endlich die Klappe, Sie jaulende Jodelschnepfe!
Helmut Gutmacher
Wollen Sie, dass ich Ihnen den Hals zuschnüre, bis Sie blau anlaufen? Nein? Dann hören Sie mit dem Gekreische auf!
Helmut Gutmacher
Demnächst stopfe ich Ihnen einen Knebel in Ihre Blechkehle, Sie lebende Sirene.
Helmut Gutmacher
Sie winselnde Heul-Hyäne, ich halte Sie nicht mehr aus!
Helmut Gutmacher
Gehen Sie zum Zirkus, als singende Säge! Sie gehören in eine schalldichte Mülltonne gesperrt!
Helmut Gutmacher

mit den Briefen zu tun hat. Der Feigling, von dem sie stammen, setzt nur seinen Namen darunter!“

„Dann ist die Unterschrift also gefälscht?“, wollte Frau Nadelmus wissen.

Dominik holte tief Luft und antwortete: „Ja und nein ... das ist es ja ... !“

KRIMI-FRAGE 1:

Wie kommt Dominik auf die Idee, dass Herr Gutmacher die Briefe nicht unterschrieben hat?

KRIMI-LÖSUNG:

D	E	I	E	F		H	U	R	N	T
E	F	R	S	R	C	N	H	F	R	I
F	V	T	E		N	D		B	S	I
N	G	D		G	V	C	Ö	J	L	L
I	T	G		T	G	;	L	M	E	I
C	J	H	.	B		L		M		
!	S	D	F	G	B		N	M		I
O	P	O	I	K	L		L	M	D	:
	R		T		E		D		H	I

KRIMI-FRAGE 2:

Dominik hat immer wieder mit dem Zeigefinger über die Unterschriften gestrichen. Warum?

KRIMI-LÖSUNG:

D	O	E	M		I	N	F	I	F	K
	W	R	O	F	L	L	B	T	V	E
	F	F	E	B	S	T	N	S	G	T
E	L	B	L	D	E	N	J	,	E	
O	B	H		S	E	S	U		G	S
I	C	Z	H	W		U	I	M	W	
K	O	U	P	Q	I	E	M	N	G	
H	A	I	N	!	D	E	L	L	X	T
E			–	S		S	O	E	V	I
N		N	V	S	E	R	P	D	B	A
C	H	H	T	X		B	Ü	E	F	S
T	Ä	Z	T	F	I	G	;	T	N	E
	S	T	I	E	C	H	H	.	J	
S	F	R	T	G	H	H	J	K		L
E	E		R	T	G	B	N	M	:	M
I	T		D	E	N	N	N	D	V	C

Hast du Frage 2 auch beantworten können?
Dann erhältst du zusätzlich 🔍🔍

Eine feurige Überraschung

St. Lydia an der Lindling war ein stilles Dorf, in dem nie etwas Aufregendes geschah. Es war von drei 2400 Meter hohen Bergen umgeben, die die klingenden Namen Bonifaz, Pankraz und Schusternaz hatten, und war ein beliebter Erholungsort.

Axel hielt allerdings wenig von St. Lydia. Seine Mutter wollte jedes Jahr mindestens ein Wochenende dort verbringen und bestand meistens darauf, dass Axel mitkam.

Diesmal trafen sie am 20. Juni in dem Dörfchen ein, und ausnahmsweise freute sich Axel sogar. Am nächsten Abend sollte es ein großes Sonnwendfeuer geben. Zu diesem Anlass wurde ein mehrere Meter hoher Turm aus Holz aufgestapelt und bei Einbruch der Dunkelheit angezündet.

Den ganzen Tag lang bauten die Einwohner von St. Lydia an dem riesigen Turm, der in diesem Jahr besonders hoch wurde. „Damit gewinnen wir die Brezel-Wette!“, freuten sie sich schon.

„Was ist die Brezel-Wette?“, fragte Axel Frau Schröder, in deren Pension er mit seiner Mutter wohnte.

„Hier im Tal gibt es drei Dörfer“, antwortete sie. „Jedes versucht zu Sommerbeginn den höchsten Feuerturm zu bauen. Bevor die Sonnwendfeuer angezündet werden, kommen Schiedsrichter und vermessen die Stöße. Das Dorf, das gewinnt, bekommt von den anderen Brezeln, Bier und Saft und feiert ein großes Fest, zu dem natürlich alle Bewohner des Tales eingeladen werden.“

Doch es gab auch böse Burschen, die zum Beispiel versuchten, das Sonnwendfeuer des Nachbardorfs vorzeitig zu entzünden oder ein paar Holzscheite aus dem Turm zu ziehen, damit dieser in sich zusammenstürzte. Um das zu verhindern, wurden die Stapel von mindestens vier Leuten streng bewacht.

Nachdem das Sonnwendfeuer von St. Lydia vorbereitet war, gingen alle, bis auf die vier Bewacher, nach Hause, um sich frisch zu machen und sich umzuziehen. Da seine Mutter darauf bestand, duschte auch Axel und schlüpfte in ein weißes Hemd. Dann aber sauste er zurück auf die Wiese, wo das Fest stattfinden sollte.

Zu seiner großen Überraschung war keiner der vier Wächter zu sehen. „Hallo … hallo, ist da niemand?“, rief er. Der Knickerbocker bekam keine Antwort. Merkwürdig, normalerweise wurde die Bewachung des Holzturms sehr ernst genommen!

Am nahen Waldrand knackte es im Gebüsch und jemand lief davon. Axel versuchte den Unbekannten zu verfolgen, hatte aber kein Glück. Das Dickicht war zu dornig und er kam nur langsam voran.

Als er zur Wiese zurückkehrte, stolperte er über etwas Hartes, das unter einem Strauch versteckt war. Der Junge bückte sich und stieß auf einen Benzinkanister. Der Kanister war voll.

Der Juniordetektiv schüttelte den Kopf. „Wie kommt denn der hierher? Das ist doch verrückt. Wenn Wind aufkommt, kann so ein Kanister gefährlich werden. Bei dieser Dürre steht der Wald gleich in Flammen …“

Nachdenklich marschierte Axel zum Holzstapel und umrundete ihn. Er bückte sich und untersuchte die Spuren im Gras. Halt … da … da standen auf einmal einige Prügel zu weit vor! Der Knickerbocker schnüffelte daran und stutzte. Benzin … das Holz roch nach Benzin!

Von der anderen Seite der Wiese kamen nun die vier Bewacher zurück. Sie schienen besorgt zu sein. „Wir wurden fortgelockt“, berichteten sie. „Plötzlich ist jemand mit einer brennenden Fackel aufgetaucht und hat gedroht, unseren Stoß anzuzünden. Der Kerl war mit einer geschnitzten Teufelsmaske maskiert. Wir haben ihn verfolgt – und genau das wollte er auch."

Axel erzählte von seiner Entdeckung, und die Bewacher runzelten die Stirn. Sie mühten sich, die verdächtigen Prügel herauszuziehen, aber es gelang ihnen nicht. Die Gefahr, dass der Holzturm in sich zusammenkrachte, war zu groß.

„Ach was!", meinte einer der Männer. „Bestimmt hat uns nur jemand einen Streich gespielt, damit wir Angst bekommen. Wahrscheinlich hat es sich schon herumgesprochen, dass wir dieses Jahr das Brezelfest gewinnen werden."

Die anderen waren dennoch der Meinung, dass Vorsicht angebracht war. Aus diesem Grund wurde rund um den Stoß ein kleiner Zaun aufgestellt, damit ihm niemand zu nahe kommen konnte. Sicher war sicher ...

Es war bereits halb zehn, als der Stoß vermessen und das Sonnwendfeuer entzündet wurde. Wie lange rote Zungen leckten die Flammen von unten zur Spitze des Holzstapels empor, der bald wie eine riesige Fackel die gesamte Wiese und den Waldrand hell erleuchtete.

Die Bewohner von St. Lydia brachen in Jubel aus.

Plötzlich aber ertönte ein lauter Knall, und aus dem unteren Teil des Turmes quoll eine riesige Feuerwolke hervor. Es folgte ein zweiter und ein dritter Knall. Die Explosionen waren so heftig, dass der lodernde Stoß umstürzte.

Zum Glück wurde niemand verletzt.

Die Feuerwehr kam und versuchte das Feuer zu löschen, ehe es auf den Wald übergriff. Das freudige Fest war mit einem Schlag zu Ende. Entsetzt und kopfschüttelnd gingen die Leute nach Hause.

„Ich weiß, was geschehen ist!“, sagte Axel in der Pension Schröder zu seiner Mutter. „Irgendein Hohlkopf hat drei volle Benzinkanister in den Stapel gesteckt. Als er gerade den vierten heranschleppte, bin ich aufgetaucht.“

Noch in der Nacht begann im Dorf ein großes Raten und Kopfzerbrechen, wer hinter dem gemeinen Anschlag stecken könnte.

Am nächsten Tag wurde Axel schon erwartet, als er das Frühstückszimmer der Pension betrat. Der Bürgermeister höchstpersönlich war gekommen. „Ich weiß, dass du gut bist, wenn's um Gauner geht“, begann er. „Und wir … also ich … ich habe heute auch schon ein bisschen Detektiv gespielt und einige Leute besucht!“

Axel warf einen Blick auf die Uhr. Es war erst neun.

„Bei uns stehen die Menschen früher auf als in der Stadt!“, erklärte der Bürgermeister. „Weißt du, in den anderen Dörfern gibt es ein paar besonders ehrgeizige Leute, die vor nichts zurückschrecken, wenn es um das Brezelfest geht, Männer, die immer die Ersten sein müssen und dafür vielleicht sogar Benzinbomben in Sonnwendfeuer legen. Ich habe meine Pappenheimer alle ausgefragt, aber, ich muss dir sagen, ich glaube … keiner hat etwas mit der Sache zu tun …“

Der Bürgermeister holte einen Notizblock heraus und las dem Juniordetektiv vor, was die Männer gesagt hatten:

Bertram aus St. Gundula: „Ich würde so etwas nie machen. Niemals! Außerdem war ich gestern auf dem Berg oben.“

„Bertram schmuggelt nämlich manchmal“, erklärte der Bürgermeister und las weiter vor:

„Bei der Doppeltanne auf der anderen Seite des Bonifaz, knapp unterhalb des Gipfels, sollte ich was abholen. Aber der Saubartel, der mir was bringen sollte, ist einfach nicht gekommen. Den ganzen Tag bin ich herumgeklettert. Und alles für den Hugo!“

Joschi aus St. Gundula: „Ich hab von den Krachern gehört, die es bei euch gegeben hat. Schlimm, schlimm, schlimm. Wer sich so etwas nur ausdenkt? Ich kann das nicht verstehen. Wirklich nicht. Ich war es ganz bestimmt nicht. Schau mich an, ich bin so dünn, dass mich der Wind fast wegweht. Wie soll ich vier Benzinkanister schleppen?“

Wolfram aus Paulabach: „Verschwinde aus meinem Haus, sofort! Ich lasse mich nicht als Verbrecher verdächtigen. Ich würde niemals Benzinbomben in ein Sonnwendfeuer stecken. Das machen höchstens die Irren aus St. Gundula. Außerdem war ich gestern auf der Alm bei meinem Vieh!“

Schorsch aus Paulabach: „Ich sage nichts. Kein Wort. Sonst sage ich etwas und ihr sagt dann, dass ich etwas gesagt habe und dass ich schuldig bin. Nein, ich sage nur, dass ich nichts sage. Gar nichts!“

Der Bürgermeister blickte Axel fragend an: „Und was sagst du?“

Der Juniordetektiv zog die Augenbrauen hoch: „Ich glaube, ich weiß, wer heute oder spätestens morgen ein neues Sonnwendfeuer für euch bauen wird. Und nächstes Jahr wieder und übernächstes Jahr auch. Und ein Brezelfest wird es auch geben, und ich weiß, wer es zahlen wird. Diese Strafen sind fast zu milde für so eine verrückte Tat, bei der nur durch einen glücklichen Zufall niemand verletzt wurde!“

Der Bürgermeister stimmte ihm zu und wartete nun gespannt, was der Knickerbocker ihm eröffnen würde.

KRIMI-FRAGE:
Was war Axel aufgefallen?
KRIMI-LÖSUNG:

E	S	W		W	W	A	D	R		E
N		D	B	D	E	R	V	T	D	R
A	M	V		S	U	N	D	D	F	
J	O	G	S	E	C	H	S	I	V	.
	A	T	U		F		C	2	D	3
O	O	Z		!	M	E	H	T	W	E
R		N	H	W	Ö	H	N	E	!	
G	I	J	B	D	T		J	E	Q	S
	K	I	E	C	I	N	;	E	A	
T	A	M	N	V	N	E	O	N	!	
M	E	L	H	G	R	,	Z			U
N	D	L		T	N	U	H	R	D	
D	E	:	R	E		T	T	Ä	V	T
E	R	W		R	K	O	R	N	G	N
T	E	E		H	W	I		S	N	S
E	N	D	,	J		D	E	A	E	S
S		F	E	O	S		F	4	R	
K	A		N	I	I	S	E	T	T	E
R		G	W	K	A	R	B	E	I	N
.		D		K			G		K	

War jemand in meinem Zimmer?

Mit einfachen Tricks kannst du herausfinden, ob jemand in deinem Zimmer, an deinem Schrank oder deinen Schubladen war.

- Wenn du dein Zimmer verlässt, klemmst du ein winziges Stückchen Papier oder ein paar Haare zwischen Tür und Türrahmen. Kommst du wieder und das Papier oder die Haare liegen auf dem Boden, weißt du, dass die Tür geöffnet worden ist und jemand in deinem Zimmer war.
- Falls du an die Unterseite deiner Schublade greifen kannst, klebe ganz einfach ein Stück Klebeband vom Rahmen des Kastens zur Ladenfläche. Wird die Lade aufgezogen, wird das Klebeband runtergerissen.
- Klemme eine Büroklammer unten zwischen Schranktür und Schrank. Wird die Tür geöffnet, fällt sie zu Boden.

Stinktier und Kanalratte

Stinktier und Kanalratte waren keine Tiere, sondern zwei Jungen. Sie waren bereits 20 Jahre alt. Trotzdem stritten sie, wo und wann immer sie nur konnten. Stinktier und Kanalratte waren die Schimpfnamen, die sie sich dabei an den Kopf warfen.

Das Stinktier hieß in Wirklichkeit Roland, die Kanalratte Lorenz. Roland und Lorenz waren Brüder.

Beim großen Familientreffen anlässlich des 60. Geburtstags ihres Vaters war es dann wieder einmal so weit. Roland und Lorenz begegneten einander und allen war klar, dass es in Kürze Streit geben würde.

Bei diesem Fest war allerdings auch Poppi anwesend, die sich überhaupt nicht wohl fühlte. Ihre Mutter hatte sie in ein schrecklich kratzendes neues Kleid gesteckt, und außerdem musste sie Schuhe tragen, die fürchterlich drückten. Poppi war das einzige Mädchen auf dem Fest und langweilte sich sehr. Die Erwachsenen plapperten ununterbrochen über die uninteressantesten Dinge und täschelten ihr nur den Kopf, wenn sie sie sahen. „Ich bin kein Dackel!“, brummte Poppi dann jedes Mal.

Missmutig zog sie sich in einen bequemen Lehnstuhl zurück und schmökerte in einigen Klatschzeitungen, die auf einem Tischchen lagen. So wurde sie Ohrenzeugin eines bösen Streits.

Der Hausherr, Lorenz’ und Rolands Vater, stellte seine Söhne zur Rede: „Ich habe heute Morgen mein Arbeitszimmer abgeschlossen, als ich es verließ, weil ich gerade mein Testament verfasst habe, meinen letzten Willen, in dem ich festsetze, wer nach meinem Tod das Haus und unsere Firma erben wird. Ihr habt das gewusst, und ich muss leider annehmen, dass einer von euch sich Zutritt verschaffen wollte!“

„Das war bestimmt das Stinktier!“, zischte Lorenz.

„Halt die Klappe, das warst du, Kanalratte!“, knurrte Roland.

„Ich habe den Schlüssel in der Vase auf der Kommode versteckt. Ihr beide kennt diesen Platz. Der Schlüssel ist weg und ich verdächtige einen von euch“, setzte der Vater fort.

Wieder begannen sich die Brüder zu beschimpfen, aber der Hausherr schnitt ihnen das Wort ab. „Ruhe!“, schimpfte er. „Ich gebe euch eine letzte Chance. Ich werde euch jetzt verlassen und im Laufe des Festes legt der Langfinger den Schlüssel zurück. Dann will ich die Sache vergessen.“

Die Brüder schwiegen trotzig. Poppi wusste, dass sie sich seit ihrer Ankunft nicht einmal richtig angesehen hatten. Jeder der beiden wandte sich sofort ab, wenn ihm der andere nahe kam.

„Warum durchsuchst du nicht unsere Taschen?“, schlug Lorenz vor.

Roland war sofort einverstanden. „Ja, bitte, du kannst gerne mein Jackett und meine Hose durchsuchen!“

Ihr Vater brummte etwas und fand die Idee nicht sehr gut, machte sich aber dann doch daran, die Taschen seiner Söhne ganz genau unter die Lupe zu nehmen.

„Na, was ist, Kanalratte, hast du vielleicht Angst, deine Taschen umzudrehen?“, fragte Roland. „Los, mach schon. Alle, besonders die linke!“

Lorenz schnaubte vor Wut. „Stinktier, das werde ich dir das alles einmal heimzahlen. Darauf kannst du Gift nehmen!“, knurrte er.

„Also in den rechten Taschen ist nichts!“, hörte

Poppi den Vater sagen. Danach kramte er weiter und schrie überrascht: „Da ist der Schlüssel!“

Einige Sekunden lang herrschte Schweigen.

„Na warte, auch wenn du schon zwanzig bist, ziehe ich dir die Ohren lang!“, schimpfte der Vater der beiden Streithähne. Er zerrte einen seiner Söhne an Poppis Lehnstuhl vorbei und wollte ihn aus dem Haus werfen.

„Halt, das ist der Falsche!“, meldete sich da die Juniordetektivin.

Der Mann stutzte, hörte sich aber Poppis Erklärung an. Danach beförderte er beide Söhne vor die Tür. „Kommt wieder, wenn ihr gelernt habt, euch zu vertragen“, rief er ihnen nach.

Er seufzte tief und sagte zu Poppi: „Ich sage dir, mit den beiden habe ich es sehr schwer. Aber dir möchte ich danken, und deshalb werde ich dir einen Wunsch erfüllen!“

„Super!“, jubelte Poppi. „Kann ich bitte einen bequemen Pulli und ein dickes Paar Socken haben. Ich muss aus diesen Klamotten raus!“

Lachend erfüllte ihr der Vater von Lorenz und Roland den Wunsch.

KRIMI-FRAGE:

Wer hat den Schlüssel genommen?

KRIMI-LÖSUNG:

R	O	F	L		A	N	D	D	F	.
	E	E	R	F		H	B	A	B	T
	D	B	E	E	N		U	S		C
H	L	I	Ü	!	S	S	M	E	D	L
	S	K	E	V	I	N	I	E	W	M
	B	L	R	H	U	D	O	E	E	R
	I	?	N	S		D	V	I	C	E
	T	Ö	A	I	S	C	T	H	T	E
	G		E	M	S	T	!	E	U	C
K	T	G		E	U	N	?	D	I	
D	A	R	N	P	N		J	S	M	E
I	N	!	E	:	N		K	V	Ü	A
T	E	D	R	U		E	M	I	-	G
E	N	V	S	D		A	A	U	E	F
	D	B	I	Q	E		L	L	.	I
N	K		E	Y		T	I	A	Q	S
C	H	M	E	Ü		H	M	I	1	N
G	E	K	W	G	I	E	Ü	S	S	E
N	.	L		G			K		I	
E	E		U	O	J	K	L	V	C	X

Bennys Bauchlandung

mini KRIMI

Es war in Australien, wo die Knickerbocker-Freunde zum ersten Mal einen Rucksack-Propeller sahen. Das Ding bekam von ihnen sofort die Auszeichnung „Spitzenklasse". Es bestand aus einem kleinen Motor, den man wie einen Rucksack auf den Rücken nahm. An der Maschine war ein Propeller angebracht, der für den nötigen Antrieb sorgte. Inline-, Skateboard- oder Schlittschuhfahrer brauchten sich den Rucksack-Propeller nur umzuschnallen, und schon flitzten sie dahin, ohne sich anzustrengen.

Bei einem Spaziergang durch Sydney lernten die Juniordetektive einen Jungen namens Benny kennen. Er war so alt wie Axel. Benny besaß einen Rucksack-Propeller und versprach, ihn der Bande vorzuführen. Sein kleiner Bruder Dave half ihm beim Anlegen und Starten. Knatternd nahm der Motor seinen Betrieb auf. Benny ermahnte Dave, die Drehzahl des Propellers richtig einzustellen.

Sie durfte höchstens 69 erreichen. Dave brummte, dass er zwar jünger, aber nicht völlig bekloppt sei.

„Achtung, jetzt komme ich!“, kündigte Benny sich lautstark an und drückte den Gashebel in seiner Hand. Durch ein dünnes Kabel war dieser mit dem Motor im Rucksack verbunden.

Zuerst heulte der Motor auf, danach Benny. Der Propeller gab ihm viel zu viel Schub. Der Junge raste auf seinen Inlinern in einem Höllentempo über den Gehsteig, fuchtelte verzweifelt mit den Armen und schrie wie am Spieß.

Zum Glück stoppte ein hoher Laubhaufen seine Schreckensfahrt.

„Du Blödmann, du hast den Propeller falsch eingestellt. Die Drehzahl war viel zu hoch!“, schimpfte er mit Dave.

Der kleine Junge machte ein unschuldiges Gesicht und brummte: „Bestimmt nicht. Du hast zu viel Gas gegeben!“

Axel warf einen Blick auf die Leuchtanzeige. Sie stand auf 96!

Aber ich habe es nicht absichtlich gemacht“, protestierte Dave. „Ich habe nur verkehrt auf die Ziffern geschaut. Deshalb ist das geschehen. Eine Verwechslung …“

„Du solltest in der Schule endlich mal aufpassen, du Niete!“, schimpfte Benny.

Nun durfte Axel ihm bei den Vorbereitungen helfen. Später konnte er den Rucksack-Propeller selbst ausprobieren und war begeistert.

Lilo und Poppi grinsten einander zu. Beiden war etwas aufgefallen. Dennoch hielten sie den Mund …

KRIMI-FRAGE:

Was hatten Lilo und Poppi bemerkt?

KRIMI-LÖSUNG:

D	A	V	S		S		G	D	S	A
V	E	H		F	G	E	B	S	C	C
H	W	N	I	E	N	D	M	E	Q	L
T		I	H	W	A	T	U	.	!	
6	9	M		S	B	L	:	E	G	I
B	T	O		!	A	U	Ü	C	B	H
	A	P	U		F		R	D	N	E
N		Ü	K	F	O	P	C	F	J	
G	E	;	S	V	T	E	W	L	U	L
T		K	6	G	9	.	Y		H	

Trainingsfall von Dominik

Hugo mit den hundert Namen

In Wirklichkeit hieß er Hugo Huber, aber diesen Namen hatte er schon als Kind nicht ausstehen können.

Später dann, als er begann, Schecks zu fälschen, Kreditkarten zu klauen und in teuren Hotels abzusteigen und ohne zu zahlen wieder zu verschwinden, wurde er erfinderisch. Mindestens einmal wöchentlich wechselte er seinen Namen. Am liebsten nannte er sich:

Frido von Friedrichsfels
Edelbert Eggermann
Wilhelm Wallenstein
Sigismund Sanddorn
Konrad von Kuhenring
Christoph Chorherr
Benno Baron von Burrenau
Bertram van Beethoven

Hugo war schlau wie ein Fuchs und schnell wie ein Wiesel. Kaum wurde die Lage zu brenzlig, war er auch schon wieder verschwunden. Mehr als drei Jahre lang gelang es der Polizei nicht, den Betrüger zu schnappen.

Aber dann machte Hugo einen großen Fehler. Er stieg zum zweiten Mal im selben Hotel ab. Es handelte sich um das schicke und feine „Königshaus". Der Portier war auf Zack, und als er das Gästebuch durchsah, kam ihm ein Verdacht. Er verständigte die Polizei und bat sie, einen Gast etwas genauer unter die Lupe zu nehmen. Schon saß Hugo in der Falle. Pech für ihn! Er musste für sieben Jahre hinter Gitter.

Im Folgenden einige Namen aus dem Gästebuch des Hotels „Königshaus". Kommt auch dir ein Verdacht?

Peter Achleitner
Erich Baron von Murnau
Inge Bruckner
Johannes Schmid
Gustav Graf Grüneis
Hugo Spitznagel
Lucia Hikmann
Helmut Wutzel
Wolfgang Lindenau
Markus Graf von Zeppelin
August Mozart
Friedrich Zott

KRIMI-FRAGE:

Hinter welchem Namen verbirgt sich Hugo Huber?

KRIMI-LÖSUNG:

H	I		N	F	T	E		R	D	
D	E	F	M	B		N	F	A	W	M
E	N	B		H	G	U	E	S	!	T
A	V	J		R	G	R	X	A	T	F
	G	I	R	U	Ü	N	I	E	E	I
S	:	L		M	V	O	K	R	J	-
	U	:	N	S	D		F	N	C	A
C	H	Ö	N	L	A	M	H	E	I	
(	U	T	N	W	D		S	T	E	I
T	E		L	O	)		B	B	J	E
G	I	G	N	I	N	E	X	N	S	
I	M	B	M	K	E	R	M		K	M
I	T	E		X	D	E	D	M	M	S
E	L	!	B	N	E	N	L		G	B
U	C	S	H	:	S	T	E	A	P	B
E	N	E	.	!			J		Ö	
G	B	:		Ä	H	R	E	N	M	E
S	F		J	J	K		Ö	L	K	T

Die Stahlstange

MAXI KRIMI

Er ging mit langsamen, aber bestimmten und festen Schritten durch die düsteren Gänge hinter dem Eisstadion. Über den Kopf hatte er einen Nylonstrumpf gezogen, damit niemand sein Gesicht erkannte, und in der Hand hielt er eine Stange – eine fingerdicke Stange aus kaltem Stahl, die er immer wieder in seine linke Handfläche klatschen ließ.

Eine graue Tür war sein Ziel. Sie führte direkt zu dem kleinen Platz mit dem Holzboden, auf dem sich die Eisläufer für ihren Auftritt vorbereiteten und auf die Wertung der Preisrichter warteten.

Das Eisstadion war an diesem Abend leer. Es waren weder Preisrichter noch Zuschauer anwesend. Nur zwei Leute waren da und bewunderten die eleganten und anmutigen Schleifen, die Sonja über das Eis zog. Sie schwebte fast zu den Klängen der Musik, die aus einem übergroßen Kassettenrekorder kam. Immer wieder setzte sie zu doppelten und dreifachen Sprüngen an, und jeder gelang. Nicht ein einziges Mal landete sie auf ihrem Hinterteil.

„Sie ist eine echte Eisprinzessin", sagte Poppi leise zu Jutta Hoffmann, Sonjas Trainerin. Die gestrenge Frau nickte langsam. Selbst sie, die wirklich nur selten ein lobendes Wort fand, lächelte glücklich über ihren Schützling. Am nächsten Tag sollten in der großen Eishalle die Jugendweltmeisterschaften beginnen, und Sonja würde gewinnen.

Poppi kannte das Mädchen, das um fünf Jahre älter war als sie, schon lange. Früher hatte Sonja mit ihren Eltern im Nachbarhaus gewohnt. Aber auch nachdem sie weggezogen waren, trafen sich Sonja und sie immer wieder, und Poppi war bei vielen Wettkämpfen dabei, an denen Sonja teilnahm.

Das Musikstück war zu Ende, und Sonjas Programm gipfelte in einer unglaublichen Pirouette. Das Mädchen drehte sich so schnell, dass sie wie eine bunte, anmutige Säule aussah, aus der plötzlich zwei Arme und ein Kopf hervorwuchsen. Mit einem Ruck hielt Sonja an und verneigte sich tief. Begeistert klatschten Jutta Hoffmann und Poppi Applaus.

„Sonja, wir warten vor dem Stadion auf dich",

rief Poppi. „Ich muss mal … und zwar schnell!“ Sie lächelte verlegen und lief durch die Zuschauerreihen. Es gab im Augenblick nur einen Ausgang, und das war die graue Tür, durch die die Eisläufer kamen. „Bis gleich!“, rief sie auf das Eis hinaus.

Der Unbekannte mit der Stahlstange hatte ungeduldig auf dem Gang gewartet und dabei einen Zettel angestarrt. Als er Poppis Stimme hörte, zuckte er zusammen und versuchte sich im Schatten einer Säule zu verstecken. Dabei entglitt ihm der Zettel und segelte direkt vor die Tür.

Poppi kam auf den Gang gehastet und sah sich nach den Toiletten um. Den Mann mit der Stahlstange bemerkte sie nicht. Doch der Zettel fiel ihr auf. Sie bückte sich, hob ihn auf und beäugte ihn verwundert.

Jetzt aber schnell! Endlich hatte sie die Tür zur Damentoilette entdeckt und verschwand dahinter. Nachdem sie ihr Geschäft erledigt hatte, fiel ihr der Zettel ein. Sie nahm ihn und überflog den Text:

„Nenbrungelspieleneu beim Uhr zigzwanundzwei ab liegt rarnoho ihr. Knie das Jason sie merntrümzer.“

Was sollte das bedeuten? Es konnte sich nur um eine verschlüsselte Botschaft handeln.

Poppi begann Buchstaben und Silben zu vertauschen. Plötzlich stieß sie einen Schrei aus.

KRIMI-FRAGE:

Wie lautet die Botschaft?

Die richtige Antwort bringt dir

KRIMI-LÖSUNG:

Z	E	S	R		T	R	E	Ü		M
M	E	C	R	D	N		F	S	F	I
E		F	S	B	O	N	B	J	B	A
	D	G	A	H	S		H	K	D	N
I	E	T	.	N		I	N	H	W	R
	H	E	O	K	N	O	J	R	!	A
R		R	L	;	I	E	K	G		T
	A	B	B	L		2	I	2	H	
U	H	K	R	W		B	J	E	N	I
M		L	E	!	U	L	M	E	J	N
S	P	O	I	R	E	G		E	I	L
B	R	L	U	F	N	N	M	E	K	N
.		Ü		I			Ö		L	

„Sonja, Vorsicht!“, brüllte Poppi aus Leibeskräften. In diesem Augenblick ging die graue Tür auf und das Mädchen trat auf den Gang. Hinter der Säule sprang der Mann mit der Strumpfmaske hervor und holte aus. Er wollte Sonja mit der Eisenstange das Knie zertrümmern, wie ihm das aufgetragen worden war.

Frau Hoffmann erkannte die Gefahr und sprang schützend vor das Mädchen. Mit dem rechten Fuß versetzte sie dem Angreifer einen kräftigen Tritt in den Bauch. Er krümmte sich und torkelte gegen die Wand. Als er sah, dass sein Plan vereitelt worden war, wollte er fliehen. Aber nach wenigen Schritten stolperte er über die Stahlstange, die ihm aus der Hand gefallen war, und schlug der Länge nach auf den Boden. Gemeinsam überwältigten Poppi, Sonja und Frau Hoffmann den Angreifer.

Die junge Eiskunstläuferin brach in Tränen aus. „Poppi … danke … danke … wenn du nicht gewesen wärst … dann … ich will gar nicht daran denken“, schluchzte sie. Sie wusste, dass der Mann ihre Eislaufkarriere mit einem gezielten Schlag beenden hätte können.

„Wer hat Sie geschickt?“, wollte die Trainerin erfahren. „Wer? Los, sagen Sie schon! Ist es eine Konkurrentin von Sonja … oder steckt ein Trainer oder eine Trainerin hinter dem Anschlag?" Der Mann schwieg.

„Wie ... wie spät ist es?", erkundigte sich Poppi. „Kurz nach acht Uhr, wieso?", antwortete Frau Hoffmann. Poppi verabschiedete sich hastig und sagte, dass sie die Polizei rufen würde. Sie rannte zur nächsten Telefonzelle und wählte die Notrufnummer. Nachdem sie Meldung erstattet hatte, legte sie auf und wählte abermals. Zum Glück war Lilo zu Hause. Schnell berichtete Poppi, was geschehen war.

„Ich glaube, der Auftraggeber wird zum Eulenspiegeldenkmal kommen und dort das Geld hinterlegen. Wenn wir uns beeilen, könnten wir ihn erwischen. Das wäre wichtig, damit er nicht noch einmal so eine Wahnsinnstat ausheckt!"

Lilo gab ihrer Freundin Recht. Eine halbe Stunde später trafen die vier Juniordetektive einander in dem kleinen, tief verschneiten Park, in dem sich der Eulenspiegelbrunnen befand. Er war im Winter natürlich abgeschaltet und leer, und die Statue des Spaßmachers in der Mitte des leeren Wasserbeckens sah recht einsam aus.

Als Poppi aus dem Eisstadion gekommen war, hatte es wieder zu schneien begonnen, und noch immer fielen die Flocken leise zu Boden, wo sich bereits ein zwei Finger dicker weißer Teppich gebildet hatte. Eine einsame Fußspur störte die weiße Pracht. Sie zog sich quer durch den Park und führte auch am Brunnen vorbei.

„War das der Typ, der das Geld hinterlegt hat?“, fragte Poppi. Lieselotte betrachtete die Spur prüfend und meinte: „Nein, glaube ich nicht. Sie führt nicht nahe genug am Brunnen vorbei. Der Auftraggeber müsste das Geld irgendwo fallen gelassen haben …“

„Pssst, es kommt jemand!“, warnte Dominik seine Kumpels. Vom Nordeingang her war eine große, schlanke Dame aufgetaucht. Sie trug einen eleganten Mantel und hatte ein Tuch um den Kopf geschlungen.

Mit bedächtigen Schritten näherte sie sich dem Denkmal und ließ ihre Blicke über die Wiese, den Brunnen und die Bäume gleiten. Als sie die Knickerbocker-Bande entdeckte, runzelte sie die Stirn. „Müsst ihr noch nicht im Bett sein?“, fragte sie. „Nein!“, antwortete Lilo kurz. „Und was ist mit Ihnen? Hat Ihnen Ihre Mutti erlaubt, so lange aufzubleiben?“

Die Augen der Frau verengten sich zu schmalen Schlitzen. „Werde ja nicht frech!“, warnte sie das Superhirn, wandte sich ab und ging. „Habt ihr die dicke Tasche gesehen?“, fragte Dominik leise. Die anderen nickten.

Von der Südseite her, von der auch die Juniordetektive den Park betreten hatten, kam ein Mann in einem Pelzmantel. Er starrte auf den Boden und schien es eilig zu haben. Als er zum Brunnen kam, verlangsamte er sein Tempo.

„Suchen Sie was?", fragte Lieselotte. Der Mann richtete sich erschrocken auf. Er hatte die vier Freunde völlig übersehen. „Äh ... jaja!", antwortete er. „Ich ... ich bin vorhin mit meinem Hund hier vorbeigekommen und muss meinen Schlüssel verloren haben. Habt ihr ihn gefunden?"

Die Knickerbocker schüttelten bedauernd den Kopf. „Kann man nichts machen, dann muss ich eben weitersuchen!", meinte der Mann.

Die Juniordetektive konnten sich ihm nicht eingehender widmen, da noch eine Frau aufgetaucht war. Sie war sehr nobel und teuer gekleidet: Deshalb fiel auch das Supermarkt-Plastiksäckchen besonders auf, das sie in der Hand trug. Sie blickte sich mehrere Male um und steuerte auf einen Mülleimer zu. Schnell ließ sie das Säckchen darin verschwinden und trippelte davon.

Die Knickerbocker-Freunde rasten sofort zu dem Mülleimer und holten das Säckchen heraus. Als sie es öffneten und hineinblickten, meinte Lieselotte: Jetzt bin ich mir sicher!"

KRIMI-FRAGE 1:

Wer war der Auftraggeber?

Für die richtige Antwort erhältst du

KRIMI-LÖSUNG 1:

D	R	E	R	E		R	M	E	A	N
N	G	:		D	E	F	R			H
A	B	T	T	V	E	B		D	G	E
L	H	O	G	G	E	L	N	V		–
	Z	E	S	M		U	G	A	A	B
K	D	E	I	K	N	P	E	!		H
U	W	N	D	Ö	E	Ü	S		P	U
R	I	.		P		K		H		
D	E	R		D	F	G	B	N	M	
A	E	D	I	O	P	B	N		:	A

KRIMI-FRAGE 2:

Axel fiel ein, wie man beweisen konnte,
dass der Täter gelogen hatte.
Falls du auch diese Frage beantworten kannst,
gibt es für dich zusätzlich

KRIMI-LÖSUNG 2:

E	I	F	N	F		V	G	E	F	R
G	L	B	E	V	I	C		H	E	
D	E	G	R			F	H	U	!	S
S	A	T	B	!	D	R	N	Ü	H	C
K	E	Z		W	M	U	J	S	Ä	S
T	E	J		E	D	E	L	N	C	
T	Ä	N	T	D	E	R	Ö		U	Ü
B	E	K	R	R	F	Ü		H	H	R
E	N	O	.	H			N		P	
A	E	R	F	G	B	N	L		P	O
J	M	K	L	Ö	Ü		B	C	V	E

Übrigens: In dem Säckchen waren Hamburger-Verpackungen. Die Frau schämte sich für ihre heimliche Leidenschaft.

Die Geister-stimme

Lilo freute sich. Ihre Mutter hatte ihr völlig unerwartet ein tolles Geschenk gemacht. Lieselotte durfte sich von Fräulein Steinbrecher einen Winterpullover aus extra weicher Kuschelwolle stricken lassen. So einen Pullover hatte sich das Superhirn schon lange gewünscht. Es durfte genau aufzeichnen, welche Muster und Farben Fräulein Steinbrecher verwenden sollte.

Das Fräulein war nicht mehr sehr jung. Um genau zu sein, hätte die alte Dame sogar Lieselottes Großmutter sein können. Trotzdem bestand sie aber auf der Anrede Fräulein.

Aloisia Steinbrecher stand auf der matten Messingtafel neben der Eingangstür des kleinen, einstöckigen Hauses. Privatpension und Strickarbeiten auf Auftrag war in der zweiten Zeile zu lesen.

Als Lilo an diesem Tag anklopfte, dauerte es lange, bis Aloisia Steinbrecher öffnete. Sie sah recht müde aus. „Schön, dass du kommst, mein Mädchen“, sagte sie. „Bevor wir uns deinem Pullover widmen, musst du mir allerdings dein Ohr leihen.“

Sie führte das Superhirn in ihr Wohnzimmer, in dem sich Spitzendeckchen, Wolldecken und Häkelarbeiten türmten, und bot Lilo Platz auf einem Sofa an. „Bitte, mein Mädchen, beantworte mir eine Frage: Glaubst du, ich könnte verrückt sein?“

Im ersten Augenblick dachte Lieselotte, dass sie sich verhört hatte. „Äh … wie bitte?“, fragte sie.

„Glaubst du, ich könnte verrückt sein?“, wiederholte Fräulein Steinbrecher.

Die alte Dame spielte verlegen mit ihren Fingern und berichtete: „Drei Wochen lang hat ein Herr bei mir ein Zimmer bewohnt. Er schlief tagsüber und ging erst am Abend zur Arbeit. Gestern ist er abgereist und wollte vorher seine Rechnung begleichen. Ich habe ihn hier in dieses Zimmer gebeten und auszurechnen begonnen, wie viel er mir schuldet. Plötzlich aber hörte ich eine Stimme. Sie kam aus der Ferne und sagte: „Nein, dieser Mann muss nicht bezahlen. Lass ihn gehen, du wirst es nie bereuen!“

Zuerst dachte ich, dass sich Herr Robert Kofler – so hieß der Herr – einen Scherz erlaubt haben muss, aber er lächelte so unschuldig, dass ich meinen Verdacht sofort fallen ließ. Die Stimme meldete sich wieder und forderte mich abermals auf, ihn nicht bezahlen zu lassen. Diesmal habe ich ihm ins Gesicht gesehen. Er hat tatsächlich nichts gesagt. Er schien die Stimme auch nicht zu hören. Na ja ... ich habe ihn tatsächlich gehen lassen ... ich habe nichts von ihm verlangt, aber ... jetzt frage ich mich, ob ich vielleicht nicht ganz bei Trost bin!"

Lieselotte beschloss, die Sache in die Hand zu nehmen. Sie begann am Boden durch das Zimmer zu rutschen. Möglicherweise hatte der Mann einen Kassettenrekorder versteckt, von dem die Stimme gekommen war. Lilo konnte keinen finden, aber Herr Kofler hätte das Gerät in der Zwischenzeit sicher verschwinden lassen können.

„Kann ich das Zimmer des Herrn sehen?", fragte das Mädchen.

„Es ist aber noch nicht geputzt!", warnte sie Frau Steinbrecher.

Das war dem Superhirn nur recht. Vielleicht entdeckte es eine Spur.

„So, Fräulein Steinbrecher, jetzt weiß ich, was los ist. Sie sind nicht verrückt!", beruhigte Lieselotte die alte Dame, als sie nach unten in das Wohnzimmer zurückkehrte. „Ihr Gast wollte Sie nur austricksen und sich den Zimmerpreis sparen. Aber zum Glück haben Sie mir alles erzählt. Ich weiß, wie er es angestellt hat!"

Eine Woche später hatte Herr Kofler bereits

NEU IM KINO
ARNIE SCHWARZBACH
STAHLFAUST
NEU IM THEATER
DOGS!
DIE MUSICAL SENSATION!
EIN MUSICAL NUR MIT HUNDEN!
ROKKO, DER BAUCHREDNER
LETZTE VORSTELLUNG
ZIRKUS FANTASTELLI
AB MORGEN

seine offene Rechnung beglichen und sich außerdem viele Male entschuldigt. Fräulein Steinbrecher sah deshalb auch von einer Anzeige ab.

Lieselotte bekam als Belohnung einen Pulli, der ihre Freunde vor Neid erblassen ließ und bestimmt zu den Meisterstücken von Fräulein Steinbrecher zählte. „Das ist ein Geschenk“, sagte die alte Dame. „Den Pulli von deiner Mutter, den hast du noch gut!“

„Nicht schlecht, Frau Specht!“, meinte Lilo und grinste zufrieden. Es lohnte sich manchmal, seine Grübelzellen anzustrengen ...

KRIMI-FRAGE:

Was hat Lilo entdeckt?

KRIMI-LÖSUNG:

E	R	G	B	D	U	K	O	L	T	G
R	I	O	B		E	S	R	G	T	
K	G	O	F	F	L	G	E	B	R	
I	B	S	T	B		H	R	J	O	K
K	D	O	,	D		S	D	D	E	R
	W	B	A	E	U	W	C	Ö	H	R
E	!	D	N	T	E	U	R	P	.	
E	V	R		L	H	K	A	?	T	
F	T	Ü	R	D		C	S	Ä	E	I
N	B	E	N	M		I	K	C	Ü	N
S	U	T	L	X	E	L	R	E	N	A
M	M	E	N	:		T	D	!	I	E
	I	A	N	F	F	G	A	A	N	G
S	P	B	U	L	C		H	S	S	T
A	Ü	B	E	R	N	!		Y	S	E
I	K	N	E		S	F		F	E	C
H	D	T	E	I	N	B		B	N	A
M	C	E	N	M	S	K		S	V	E
R	Q	W	E	Ö	N	O	D	M	E	T
.	Z			R		M		;		
E	R	O	P		K	L		D	C	V

Trainingsfall von Poppi

Wahr oder erfunden?

Zwei von Poppis Geschichten sind wahr, eine erfunden.

1 Gletscher gibt es nicht nur in den Alpen. Ewiges Eis kann man auch in der Nähe des Äquators finden.

2 In Afrika wachsen Baobab-Bäume, die besonders dicke Stämme und sehr kurze Zweige haben, die wie Wurzeln aussehen. Die alten Bäume sind meist hohl und werden manchmal als Busgaragen verwendet.

3 Der Kugelschreiber wurde nicht von einem Menschen, sondern von einem Tiefseefisch entwickelt.

Dieses Tier hat lange, hohle Stacheln, an deren Spitzen sich kleine Kugeln befinden. Wie mit einem Kugelschreiber streicht der Tiefseefisch Gift an Steine. Berührt ein Fisch einen dieser Striche, ist er tot.

Ein Engländer namens George Bick hat diesen Fisch vor Madagaskar beobachtet und das Verhalten des Tiers seinem ersten Kugelschreiber als Modell zu Grunde gelegt.

KRIMI-FRAGE:

Welche Geschichte ist erfunden?

KRIMI-LÖSUNG:

G	J	E	S	K	C		H	O	I	C
H	O	T	E			A	N	E	U	M
M	I	E	R	M		N	3	E	.	
D	G	I	O	K		L	Ö	D	F	B
A	E	R	Z	U		1	.		A	S
R	T	S	Z	U		D	P	Ü	D	G
N	J	K	L	I	O	D		E	S	R
2		.	W	E	R	W	A	R	D	E
R	T	A	E	T	E	R	D	!		

Der Knicker-bocker-Test

Beantworte die Fragen und notiere die Symbole!

1. Welche Farbe gefällt dir am besten?

● Knallrosa
✖ Giftgrün
▲ Rot
■ Blau

2. Was isst du am liebsten?

● Palatschinken
✖ Alles
▲ Chinesisch
■ Spagetti und Pizza

3. Was tust du, wenn du eine Schlange siehst?

● Stehen bleiben und schauen
✖ Nachdenken, was es für eine Schlange ist
▲ Umdrehen und weggehen
■ Aufstampfen, um sie zu verscheuchen

4. Was möchtest du gerne besonders gut können?

- ● Laufen
- ✖ Theater spielen
- ▲ Tiere verstehen
- ■ Ski fahren

5. Was regt dich sehr auf?

- ● Verspottet zu werden
- ✖ Dummheit
- ▲ Tierquälerei
- ■ Ungenauigkeit

6. Was ist deine größte Schwäche?

- ● Angst
- ✖ Ungeduld
- ▲ Zorn
- ■ Bin manchmal wie ein Lehrer

7. Was schaust du dir im Fernsehen am liebsten an?

- ● Quizshows
- ✖ Natursendungen
- ▲ Actionfilme
- ■ Serien

8. Welche Bücher magst du am liebsten?

- ● Krimis
- ✖ Sachbücher
- ▲ Pferdebücher
- ■ Alles, was spannend ist

9. Was ziehst du am liebsten an?

- ● Alles, was bequem ist
- ✖ Lässige und flotte Sachen
- ▲ Alles muss sehr ordentlich aussehen
- ■ Je nach Stimmung von schlottrig bis schick

10. Welche Sportart findest du am tollsten?

- ● Wasserskifahren
- ✖ Golf
- ▲ Wrestling
- ■ Gymnastik

11. Was kannst du besonders gut?

- ● Auswendig lernen
- ✖ Fußball spielen
- ▲ Ballett
- ■ Mathematik

12. Wohin möchtest du gerne einmal reisen?

● USA
✖ Afrika
▲ London
■ Himalaja

13. Welche Schultasche hast du?

● Rucksack
✖ Aktentasche
▲ Lederrucksack
■ Tasche mit vielen Fächern

14. Was tust du, wenn du in einem Schloss stehst und plötzlich das Licht ausfällt?

● Ich sehe gruselige Gestalten
✖ Ich taste mich zur nächsten Wand
▲ Ich rufe um Hilfe
■ Ich krame in meiner Hosentasche nach einer Lampe

15. Was magst du auf dem Rummelplatz am liebsten?

● Geisterbahn
✖ Autodrom
▲ Todesschleuder
■ Lachkabinett

Welches Symbol hast du am häufigsten notiert?

● Du bist wie Axel. Ziemlich sportlich und manchmal ein Draufgänger. Du zögerst nicht lange, sondern unternimmst etwas, auch wenn es vielleicht falsch ist. Ab und zu krachst du mit Freunden zusammen, weil du dich schnell aufregst.

✖ Du bist wie Dominik. Du weißt viel und kennst dich mit vielen Dingen aus. Deine Freunde finden dich manchmal zu klug, weil du sie gerne belehrst. Bevor du etwas unternimmst, überlegst du genau – manchmal etwas zu lange. Dein Gedächtnis ist sehr gut.

▲ Du bist wie Lieselotte. Du durchschaust viele Sachen schnell und überlegst gut, bevor du handelst. Manchmal erscheinst du einigen Leuten langweilig, aber das kann dir egal sein. Du setzt dein Hirn ein, aber auch deine Muskeln.

■ Du bist wie Poppi. Oft hast du Angst und schreckst vor Gefahren zurück, aber wenn es drauf ankommt, kann man sich trotzdem auf dich verlassen. Du magst Tiere und die Natur. Du bist ein besonders toller Kumpel.

Ergebnis

DIE KNICKERBOCKER-BANDE

Wie viele Lupen hast du gesammelt?

74–66 Lupen:
Du bist Meisterdetektiv und Super-Knickerbocker.

65–57 Lupen:
Du bist ein Super-Knickerbocker.

56–48 Lupen:
Du bist ein echter Knickerbocker.

47–39 Lupen:
Du wirst in die Knickerbocker-Bande aufgenommen.

39 oder weniger Lupen:
Löse noch einmal viele Krimis aus diesem Buch und trainiere mit deinen Knickerbocker-Freunden. Bald wirst auch du ein Meisterdetektiv und Super-Knickerbocker werden!

So schreibst du Geheimbotschaften:

➔ Lege die Karte auf ein Blatt Papier und ziehe links und rechts an den Kanten Linien.

➔ Schon kannst du zu schreiben beginnen. Schreibe Buchstabe für Buchstabe von links nach rechts in die Löcher. Ist eine Zeile voll, die Karte ein Stück weiter nach unten schieben.
ACHTUNG: Die freien Plätze zwischen den Wörtern mit einem kleinen Punkt markieren!

➔ Wenn du fertig bist, nimm die Karte weg. Füge nun irgendwelche Buchstaben bunt gemischt zwischen den Buchstaben deiner Botschaft ein. Dadurch wird sie verschlüsselt. **ACHTUNG:** Wo ein Punkt ein leeres Feld markiert, keinen Buchstaben hinschreiben. Sonst wird es zu verwirrend.

Auflösung von Seite 4:

Als die vier den Zeichenwettbewerb einer Lederhosenfirma gewannen und einander bei der Preisverleihung kennen lernten.

Als Ravensburger Taschenbuch
Band 6119
erschienen 2000

Der Band enthält eine Auswahl aus
„99 heiße Spuren. Ratekrimis Band 1“,
„Superheiße Spuren. Ratekrimis Band 3“,
„Heiße Spuren für Meisterdetektive. Ratekrimis Band 4“
und „Bleib auf der heißen Spur. Ratekrimis Band 5“
von Thomas Brezina, erschienen 1991, 1993, 1994 und 1995
bei hpt-Verlagsgesellschaft m. b. H. & Co KG, Wien

Umschlagillustration: Ferenc B. Regös
Umschlagfotografie: Martin Vukovits
Innenillustrationen: Atelier Bauch-Kiesel und Hannes Bauch

Printed in Germany

Die Schreibweise entspricht den Regeln der neuen Rechtschreibung.

1 2 3 4 5 04 03 02 01 00

ISBN 3-473-56119-3

DIE KNICKERBOCKER-BANDEN-CHECKLISTE

KREUZE EINFACH DIE KNICKERBOCKER-BÄNDE AN, DIE SCHON IN DEINEM REGAL STEHEN.

- ❑ 1 Rätsel um das Schneemonster
- ❑ 2 Ein Ufo namens Amadeus
- ❑ 3 Lindwurmspuk vor Mitternacht
- ❑ 4 Wenn die Turmuhr 13 schlägt
- ❑ 5 Bodenseepiraten auf der Spur
- ❑ 6 Das Phantom der Schule
- ❑ 7 Die Tonne mit dem Totenkopf
- ❑ 8 Wo ist der Millionenstorch?
- ❑ 9 Treffpunkt Schauermühle
- ❑ 10 Der Fluch des Schwarzen Ritters
- ❑ 11 Die Nacht der Weißwurst-Vampire
- ❑ 12 Schokolade des Schreckens
- ❑ 13 Der Ruf des Gruselkuckucks
- ❑ 14 Jagd auf den Hafenhai
- ❑ 15 Das Zombie-Schwert des Sultans
- ❑ 16 SOS vom Geisterschiff
- ❑ 17 Die Rache der Roten Mumie
- ❑ 18 Kolumbus und die Killerkarpfen
- ❑ 19 Die Gruft des Barons Pizza
- ❑ 20 Insel der Ungeheuer
- ❑ 21 Frankensteins Wolkenkratzer
- ❑ 22 Der tätowierte Elefant
- ❑ 23 Die Drachen-Dschunke
- ❑ 24 Der weiße Gorilla
- ❑ 25 Der Grüne Glöckner
- ❑ 26 Im Dschungel verschollen
- ❑ 27 Im Tal der Donnerechsen
- ❑ 28 Titanic, bitte melden!
- ❑ 29 Der Eiskalte Troll
- ❑ 30 Im Reich des Geisterzaren
- ❑ 31 Der Bumerang des Bösen
- ❑ 32 Kennwort Giftkralle
- ❑ 33 Das Riff der Teufelsrochen
- ❑ 34 Das Geheimnis der gelben Kapuzen
- ❑ 35 Der Geisterreiter
- ❑ 36 Im Wald der Werwölfe
- ❑ 37 Die giftgelbe Geige
- ❑ 38 Das Haus der Höllensalamander
- ❑ 39 Das Biest im Moor
- ❑ 40 Die Maske mit glühenden Augen
- ❑ 41 Die Hand aus der Tiefe
- ❑ 42 13 blaue Katzen
- ❑ 43 Die Rote Mumie kehrt zurück
- ❑ 44 Die Höhle der Säbelzahntiger
- ❑ 45 Der Mann ohne Gesicht
- ❑ 46 Hinter der verbotenen Tür
- ❑ 47 Das Phantom der Schule spukt weiter
- ❑ 48 Der unsichtbare Spieler
- ❑ 49 Es kam aus dem Eis
- ❑ 50 Der Schrei der goldenen Schlange
- ❑ 51 Der Schatz der letzten Drachen
- ❑ 52 Das Wesen aus der Teufelsschlucht